BoD – Books on Demand

www.bod.de

Markus Kühnel

Der Filodoof

Mückenpimmel und die Sache mit den Tüdelchen

Bibliografische Information der Deutschen Nationalbibliothek. Die Deutsche Nationalbibliothek verzeichnet diese Publikation in der Deutschen Nationalbibliothek. Detaillierte bibliografische Daten sind im Internet über http://www.dnb.d-nb.de abrufen.

©2020 Kühnel, Markus
Herstellung und Verlag:
BoD – Books on Demand Norderstedt
ISBN: 9783751906883

„Sie reichten Weine mir und Bier

und Schnäpse und dergleichen.

Dabei könn`n diese Leute mir

nicht einmal das Wasser reichen.``

Heinz Erhardt (1909-1979)

Mein großes Vorbild

Humorist, Kabarettist,
Schauspieler, Chansonnier,

Schriftsteller, Dichter und
Komponist

Inhalt

Vorwort

Deutsch ist geil, krass und schräg.

Unser tägliches Brot wird von Floskeln und Phrasen nur so überschwemmt. Umgangssprache ist vollkommen normal und selbst Schimpfwörter sind allgegenwärtig. Idiome und Metapher sind in unserem Sprachgebrauch wichtige Anwendungen. Wir erfinden sogar eigene Worte, welche richtig angewandt, auch durchaus sinnvoll erscheinen. Viele Menschen haben einen Spitznamen und Kosenamen gibt es noch und nöcher. Vieles ist in unserem Alltag so fest integriert, dass wir es nicht einmal bemerken. Und genau hier war der Filodoof auf Spurensuche und wurde ununterbrochen fündig. Der deutsche Wortschatz ist unerschöpflich und es war mir eine große Freude, den Menschen einfach nur zuzuhören. Bei meinen Recherchen brauchte ich keine Medien studieren. Nein, ich musste im Grunde genommen lediglich

zuhören. Mein Quellennachweis heißt
Mensch. Ich bin der festen
Überzeugung, dass jeder hier seinen
kleinen Alltag mehr oder weniger
wiederfindet. Vieles wird dir
bekannt vorkommen oder bleibt
zumindest im Gedächtnis. Ich maße
mir auch nicht an, irgendwelche
Wörter selbst erfunden zu haben.
Und falls doch, ist es zur freien
Verfügung. Sprache sollte immer und
für jeden zugänglich sein. Manchmal
sind wir lustig und mitunter auch
obszön. Böse, frech, ironisch oder
gar sarkastisch. Für jede Situation
haben wir den richtigen oder
falschen Ton parat. Somit steckt in
uns allen ein Filodoof.

Dieses Buch ist eine
Liebeserklärung an unsere deutsche
Sprachkultur. Eine Hommage
zwischenmenschlicher Beziehungen.
Wie oft sind es einfach nur die
Nebensätze, die unsere
Kommunikation so bemerkenswert
interessant und liebevoll machen.

Es gibt viele Dinge im Leben, welche sich von selbst erklären. Und dafür gibt es kein Lexikon. Weil wir es schlicht gesagt einfach verstehen. Sogar die Autorkorrektur meines Schreibprogramms war manchmal mächtig überfordert.

Fangen wir also an und reden Tacheles. Zieht Euch alle schön warm an, denn hier kommt der Filodoof. Und ich verspreche, dass dieser ganze Scheiß nicht auf meinen Mist gewachsen ist. An diesem Buch habt ihr selber Schuld. Nun müssen wir das Ding auch gemeinsam durchziehen. Koste es, was es wolle. Du hast diesen Schinken nun mal gekauft, also kommen wir aus dieser Nummer eh nicht mehr raus. Sei ganz Ohr und lausche. Wenn du glaubst, ich ticke nicht mehr ganz sauber, so habe ich doch alles in trockenen Tüchern. Diese Nummer kannst du dir auf deine eigene Fahne schreiben. Möglicherweise haste ja auch mit

all dem nix am Hut. Oder es
entspricht nicht deiner
Kragenweite. Aber dennoch habe ich
alles am Start, um dir die Leviten
zu lesen und das Handwerk zu legen.
Lassen wir also schön langsam die
Kupplung kommen. Du wirst schon
sehen, was du davon hast und wie
der Hase läuft. Wie auch immer und
drauf geschissen. Der Filodoof
möchte dir auf jeder Seite ein
Schmunzeln entlocken und wünscht
dir viel Spaß beim Lesen.

Philosophen gibt´s genug. Hier
kommt der Filodoof.

Aufstöhn ist schön

Ach du dickes Ei und grüne Neune. Ich bin fick und fertig. Hätte mein Wecker ein Gesicht, so würde ich auf der Stelle rein treten. Aber nützt ja nix. Der frühe Vogel kann mich mal kreuzweise. Den Buckel und so. Du weißt schon.

Nun ja und wie auch immer. Manches in deiner Daseinsberechtigung ist halt höhere Mathematik und steht nicht zur Debatte. Ist mir ehrlich gesagt auch so was von Latte. Gewohnter Weise stehe zuerst mit dem linken Bein auf und flutsche gleich direkt und ohne Umwege zu dem Ort, wohin selbst der Papst zu Fuß hingeht. Auf den Pott. Erstmal schön Einen fahren lassen. Als Nächstes gefühlte zehn Liter schiffen, strullern, pullern. Boah ey, tut das gut. Als Höhepunkt legen wir noch kräftig einen Bob in die Bahn. Nur noch den kleinen Pillermann abschütteln und schön abtrocknen. Händewaschen wird ja

überbewertet. So sind wir Männer
eben.

Mein Spiegelbild ist von der
schweren Geburt leicht beschlagen.
Guten Morgen, du alter Sack. Kurze
Katzenwäsche reicht fürs Erste. Ist
ja sowieso für die Katz´. Wir
wollen ja auch nicht übertreiben.
Und bevor die Kacke dampft, geht
der Morgenmuffel auf Tuchfühlung.
Habe ich schon wieder ein paar
silberne Haare mehr bekommen?
Silber klingt besser als grau.
Hässlichen Dank auch. Ich suche
meinen Maulbesen und finde diesen
nicht sofort. Dann muss das
ebenfalls noch warten. Ohne Kaffee
funzen die Synapsen sowieso never
ever. Morgenhygiene ist ein
dehnbarer Begriff.

Der tägliche Wahn ist Jacke wie
Hose. Kommt Zeit, kommt Rat, kommt
Attentat. Emanzipation ist in den
frühen Morgenstunden eine Qual.
Scheiß die Wand an. Meine Alte hat
hier ein ganzes Bataillon an

Kosmetika stehen. Mein einziges Deo, welches ich eigentlich nie benutze, wirkt irgendwie völlig einsam. Viva la Frauenquote.

Aber dem Himmel sei Dank, meine Perle schläft noch tief und fest. Diese Zeit des Tages ist für mich die schönste meines gesamten Tages. Ich genieße die Ruhe. Keiner kaut mir ein Ohr ab und labert mir Frikadellen ans Knie. Oder so ähnlich.

Nun denn. Erstmal Mokka hochfahren. Die grauen Zellen in Wallung bringen. Alles in Butter, so lange der Rest der Familie noch pennt. Diese Stille ist verboten gut. Noch Toast in den Toaster. Temperaturknopf voll aufgedreht. So wird aus Weißbrot ganz schnell mal Schwarzbrot. Läuft.

Derweil stopfe ich mir meine erste Fluppe, Kippe, Glimmstengel. Mein erstes Frühstück besteht nun mal aus Kaffee und Zigaretten. Is´ so.

Gesundheitlich mag das ja bedenklich sein, aber grad ist mir das schnurzpiepe. Brauchst deinen Kindern ja erziehungstechnisch nichts von erzählen. Ich mache drei Kreuze, wenn die family weiterschläft.

Für mein perfektes Morgenritual fehlt eigentlich nur noch Mucke. Ich schmeiße die Lala an. Bitte lieber Gott, lass meine Honighummel noch etwas weiterschlafen. Mutterseelenallein habe ich alles im Griff. Alles läuft und ich sehe mich in meiner Butze um. Alter Falter, das sieht hier ja aus wie bei Hempels. Kann doch nicht angehen. Da kriegst du echt die Krise.

Meine Stubenfliege Horst macht sich genüsslich über die Reste von gestern her. Ja verdammt, meine Stubenfliege heißt tatsächlich Horst. Und wenn du es schon wissen willst: meine Kacktusse haben auch Namen. Mein Auto hat einen Namen.

Mein einziges Stofftier hat einen
Namen. Bei mir hat alles einen
Namen. Aber lassen wir das. Geht
dich im Grunde ja auch nichts an.
Kann doch nicht angehen und passt
auch sonst so nicht ins Bild und
wenn wir mal ehrlich sind, steht es
nicht zur Diskussion.

Ein kurzer Blick auf die Zwiebel.
Shit, schon sieben durch. So
allmählich sollte ich mal aus dem
Knick kommen, die Hühner satteln
und Hackengas geben. Während sich
Wolle Petry verliebt und verloren
zu meinem heutigen Ohrwurm
entwickelt, fröne ich weiter meinem
Ritual. Ich liebe Rituale. Sagte
ich das bereits? Ist mir in diesem
Moment mal grad so ganz egal und
tangiert mich peripher. Aber damit
die liebe Seele Ruh´ hat, halte ich
fortan besser mal die Fresse.
Manchmal ist das eben so. Der Dumme
redet, der Kluge schweigt. Außerdem
habe ich Wichtigeres zu tun.
Beispielsweise abstinken. Im

Volksmund auch Duschen genannt. Soll ja auch nicht so Jedermanns Sache sein. Der Gesichtsteppich bleibt dran. Keine Zeit, keine Zeit.

Verdammte Axt, nu aber los. In einer knappen halben Stunde muss im Büro auf der Matte stehen. Und mein Chef kriegt schon mal leicht eine Krawatte, wenn ich die Zeit verpeile. Also schnell die Kauleiste geschrubbt und ab unter die Brause. Fuck, ist das kalt. Der Schniedel wird mikroskopisch klein. Sapalotti. Wie kann ein Mann das ertragen? Als Warmduscher hat man es nicht immer leicht. Schnell die Achseln gewürzt, Klamotten rüber und ab durch die Mitte. Wo kein Schnee liegt, geht es auch einen Gang höher. Mit neunzig Sachen durch die City. Okay, hab´s verstanden. Nicht die feine Art, aber ich gelobe Besserung. Musst deinen Kindern ja immer noch von Nix erzählen. Die können eh noch

nicht lesen, hahaha. Und Vorlesen
wäre sowieso deine Schuld. Ist ja
keine Gute-Nacht-Geschichte,
sondern bittere Realität.

David gegen Goliath

Ich fresse einen Besen. Nun wird es aber höchste Eisenbahn. Ansonsten macht mir der Scheffe die Hölle heiß und nimmt mich in die Mangel. Somit also Bahn frei und ab geht die Post. Auf den Straßen dieser Republik weht ja so manches Mal ein rauher Wind. Fahr endlich, du Arschloch. Grüner wird`s nicht. Oder brauchst du eine Extra-Einladung? Ich will hier schließlich kein Moos ansetzen. Mein Hupen interessiert ihn so eher gar nicht. Kurz vor Rot lässt dieser Pisser doch tatsächlich die Kupplung kommen und mich im Regen stehen. Ich wähne mich im falschen Film und kriege echt einen Föhn. Jaja. Du mich auch, du Arschgeige. Mir scheint, dass sich hier etwas zusammenbraut und gleich die Fetzen fliegen. Nur weil wegen du eine dickere Karre fährst, hast du noch lange keine dickeren Eier im Schlüpfer. Ach leck mich doch. Willst du mir ans Knie pinkeln?

Warte Bürschchen, an der nächsten
Ampel mache ich dich nass. Zieh
dich schon mal warm an. Wenn du
Böses im Schilde führst, kämpfe ich
auch gegen Windmühlen. Und ich
werde da zum Don Quichote. Und du,
mein Bester, hast die Rechnung ohne
den Wirt gemacht. Hochmut kommt vor
dem Fall. Die Hoffnung stirbt wie
bekannt immer zuletzt. Ganz böses
Blut, Lutscher. Und was ist
überhaupt hier los? Das dauert ja
ewig und drei Tage. Na also, geht
doch. Wurde auch langsam Zeit. Ich
habe schließlich noch Anderes zu
erledigen. Der Heini von eben muss
zur Rechenschaft gezogen werden.
Und tatsächlich. An der nächsten
Kreuzung stehe ich plötzlich wieder
neben ihm. Wer sagt`s denn.
Zweispurig. Somit werfe ich den
weißen Handschuh. Neben seinem
Ferrari 458 komme ich mir mit
meinem Golf I schon ein wenig
verloren vor. Zugegeben hat er Pi
mal Daumen und roundabout elfmal so
viele Pferdestärken unter der

Haube. Ist ja irgendwie Beschiss. Aber hey, schlechte Karten sind besser als gar keine. Und eben jene Karten sind gemischt und zwar regelrecht regelkonform. Wer nicht wagt, der nicht gewinnt. Manchmal stehen die Chancen bei Null und eine Null kann außer Verlieren nur gewinnen. Soweit so gut. Schauen wir uns diesen Penner doch mal etwas genauer an. Dieser alte Knacker ist doch schon zwischen achtzig und scheintot. Der muss ja noch von Adolf sein. Und wie der aussieht. Wie ein feiner Pinkel. Vermutlich so irgendein Bonzen. Ein Blender, wie er im Buche steht. Kackarsch. Freut sich wie ein Schneekönig und wie Bolle und grinst über beide Ohren wie ein Breitmaulfrosch. Wieso glotzt der denn jetzt so? Ich kriege das leise Gefühl, hier gleich richtig in Schwulitäten zu kommen. Leider bleibt mir zum Nachdenken wenig Zeit, denn wir stehen beide beidfüßig bereits auf den Pedalen.

Gleich ist Farbwechsel und dann muss ich Farbe bekennen. Handtuchwerfen ist nun keine Option mehr. Auch wenn mein erbärmliches Leben an einem seidenen Faden hängt. Ich will, will, will diesen Schwachmaten zur Strecke bringen. Koste es, was es wolle. Du willst es also auf die harte Tour. Soll mir recht sein. Einer von uns beiden wird wohl oder übel gleich ins Gras beißen. Und mit an Sicherheit grenzender Wahrscheinlichkeit habe ich darauf keinen Bock. Die Würfel sind ätschibätsch gefallen. Du hast offensichtlich Pfeffer im Hintern und mir geht der Arsch auf Grundeis. Bringen wir es also hinter uns. Kein Schwanz ist so hart wie das Leben.

Leichter gesagt als getan. Diese dumme Drecksau gibt doch tatsächlich bei Gelb schon Gummi. So ein hinterfotziges Miststück. Zur Hölle mit dir. Meinerseits würge ich meine alte Möhre bei Grünphase eindrucksvoll ab. Fick dich doch ins Knie. Das geht mir grad sowas von auf den Piss. Und während ich mich schwarz ärgere und krampfhaft versuche, meinen Motor wieder zu starten, rauscht die Polente mit einem Affenzahn an mir vorbei. Wenn das mal nicht Kommissar Zufall ist. Gemütlich und nach Vorschrift fahre ich gesetzestreu los. An der übernächsten Bushaltestelle sehe ich fein ordentlich geparkt die Minna und den Ferrari. Dumm gelaufen, denke ich so bei mir, und fahre im Schritttempo mit zwanzig Sachen wie eine Schildkröte im Schlafmodus an ihnen vorbei. Winke winke. Da machst du dicke Backen, mein Freund. Wer hat jetzt abgekackt? Es geschehen wirklich noch Zeiten und Wunder. Kannst mich mal gern haben, du Stricher. Firma dankt und schönen Tag noch.

Von Hengsten und Stuten

Mistekacke. Nun bin ich mit Ach und Krach doch zu spät und habe den Salat. Anschiss ist unter Dach und Fach. Mein Boss ist ziemlich angepisst und begrüßt mich mit einem freundlichen „Herr, lass Hirn vom Himmel fallen". Nette Begrüßung. Das sagt der Richtige. Armleuchter. Geht mir aber wie immer mal leicht an der Puperze vorbei. Viel Arbeit, wenig Geld. Warum sollte es in unserer Firma auch anders sein? Will ja schließlich nicht am Hungertuch nagen. Das wird ein langer Tag. Mein lieber Herr Gesangsverein und Scholli. Ein sehr langer Tag. Muss mein Brot schließlich auch sauer verdienen. Für´n Zwanni die Stunde den Arsch aufreißen. Dienst ist Dienst und Schnaps ist Schnaps. Buckel hier für meinen Brötchengeber. Appel und Ei. Oder wie sagt man?

Aber ohne Arme keine Kekse. Die weiblichen Kolleginnen klatschen und tratschen bereits, was das Zeug hält. Von Tuten und Blasen keinerlei Ahnung, wobei ich mir bei letzterem nicht so sicher bin. Gibt ja Gemunkel. Die olle Schmidtke hätte sich hochgeschlafen. Schöne Aussichten. Wie sonst wäre sie wohl mit einem Intelligenzquotienten von einskommafünf die persönliche Assistentin vom Chef geworden? Bekanntermaßen fängt ja eine Gurke bei einskommasechs an zu sprechen. Diese alte Schachtel ist jedenfalls jeden Tag ziemlich aufgebitcht und mit allen Wassern gewaschen. Haare auf den Zähnen und nicht mit gut Kirschen essen. Man kann sich ja so ziemlich jede Frau schön trinken. Ich habe es in vielen Selbstversuchen selbst erlebt. Für dieses Gebärmutter-Schlachtschiff braucht man allerdings eine ganze Brauerei. Eine Prachtwumme mit mächtig Holz vor den Hütten. Schon beim Anblick ihrer Möpse kriege ich

Angst. Und mit diesen monströsen Tüten ist sie Frau Hölle in persona. Bei ihrem Anblick bekomme ich Augenkrebs. Ständig klebt sie dir am Allerwertesten und blubbert dich ununterbrochen voll. Kurzum ein manisch pingeliges Halbhirn. Und wehe, sie hat auch noch zufällig ihre Vampire. Du weißt schon. Haifische. Rote Welle. Soll ja bekanntlich im Durchschnitt monatlich vorkommen. Dann gibt es wahrlich keinen Clown zum Frühstück. Unser Büro geht dann gemeinsam in volle Deckung.

Was meinen Chef so allerdings so angeht, ist der diesbezüglich ein waschechter Seebär. Ein echter Pirat fährt auch durchs Rote Meer. Igittigitt. Ich hoffe doch sehr, dass du jetzt nicht in Bildern denkst. Frag´ nicht nach Sonnenschein und ohne Flachs.

Rein äußerlich mehr der Typ langhaariger Bombenleger. Hat die Firma von Daddy übernommen. Man könnte also sagen, dass er schon mit einem goldenen Löffel im Arsch geboren wurde. Hält sich für Gott weiß was. Verdient sich für nix und wieder nix eine platine Kniescheibe und kurvt den lieben langen Tag mit seinem Nobel-Hobel durch die Walachei. Sehen und gesehen werden lautet die Devise. Lässt den Dicken raushängen und ist weit von einem Chorknaben entfernt. Wirklich, ohne Verarsche.

Geld macht eben doch sexy. Habe ich zumindest mal irgendwo gelesen. Von daher begreift hier auch niemand, warum er seine Piepen für Nutten und Koks zum Fenster hinauswirft. So etwas tut man doch nicht, oder? Dieser Klappstuhl hat eine Frau und drei Kinder. Leck mich doch. Es ist und bleibt mir ein Rätsel, warum ausgerechnet diese Flitzpiepe von einer Million Samen die schnellste war. Trotz geistiger Unterbelichtung hat er das fetteste Konto. Vom Beruf Sohn.

Wie dem auch sei. Auch die
Untersten der Nahrungskette müssen
dann und wann mal etwas essen.
Mittagspause ist im Anmarsch. Nur
ein Katzensprung zu meiner
Lieblings-Fettschmiede. Ich
bestelle mir einen Manta-Teller und
ein kühles Blondes. Setze mich nach
draußen, damit ich meinem schönsten
Hobby nachgehen kann: Leute gucken!

Du kriegst die Tür nicht zu, was
alles so in einer Dreiviertelstunde
passieren kann. Herrlich herrlich.
Derweil ich auf mein Futter warte,
schiebt eine maskuline Frau ihre
drei Blagen in einem Drillings-
Shopper an mir vorbei. Die Gören
sehen sich so ganz und gar nicht
ähnlich. Mir drängt sich die Frage
auf, ob es tatsächlich dreieiige
Drillinge gibt. Das überfordert
mich jetzt ein bisschen. Muss ich
später mal googeln. Maskulin kommt
im Übrigen aus Latein und bedeutet
so viel wie wenn eine Frau zu viel
Haare hat und so. Ist bestimmt so

irgendein Evolutions-Ding. Creme de
la Creme der Wissenschaft. Was weiß
ich denn.

Und nun schau dir mal den an.
Schwarze Haare, schwarze Klamotten,
schwarze Schuhe und überhaupt ist
alles an dem schwarz. Der hat sogar
schwarze Lippen. Komme mir vor wie
in einem Horror-Streifen. Vampire
und so. Du weißt schon. Hör mir
auf, das ist mir jetzt wirklich zu
suspekt. Kommt auch aus Latein und
bedeutet so viel, wie wenn dir was
komisch vorkommt. Zack und wieder
was gelernt. Dieses Buch ist doch
der Knüller. Jede Quizsendung kann
einpacken. Nirgendwo lernst du
dermaßen mehr als in diesen Zeilen.

Du wirst kein Millionär, aber
erweiterst deinen Horizont
millionenfach. Geld allein macht
auch nicht glücklich.

Die beiden Bullen auf ihren
Mountainbikes mustern den Grufti
misstrauisch. Lassen ihn aber am

Ende ziehen. Tatü-tatuff, wir
fahren in den Puff.

Meine zweite Hopfenkaltschale ist
on the way. Ein Dreikäsehoch
juckelt mit seinem Bonanza-Rad
durch unsere Fußgängerzone. Grad
packt er sich voll aufs Maul und
rammt dabei den Hackenporsche einer
Oma, die sich ihrerseits und
ebenfalls langmacht. Ich schmeiße
mich weg und bepisse mich fast vor
Lachen. Halte aber diskret einfach
mal den Rand. Läuft doch alles nach
meinem Plan. Ist ja auch nichts
Schlimmes passiert. Wir ham doch
alle Dreck am Stecken oder
zumindest mal den schwarzen Peter
gezogen. Niemand ist ein Deut
besser als sein Nebenmann. Wir
kennen alle unsere Pappenheimer.

Ich zahle schmunzelnd und nehme mir
noch einen Coffee-to-Go mit.
Überall dieses Denglisch. Summer-
Sale, Anti-Aging-Creme, Handy,
Smartphone, Wellness und am besten
alles Last Minute. Ich kriege fast

einen zu viel. Ist doch kein Wunder, wenn wir bald wieder auf den Baum hüpfen.

So, das war doch schon mal ganz fein. Noch drei Stunden bis Feierabend. Und nach Feierabend kommt Männerabend. Da lassen wir die Sau raus und spätestens dann ist alles wieder im Lot.

Hurra, wir wohnen im Zoo

Das Wetter ist wieder einmal unter aller Sau. Eigentlich will man nicht mal seinen eigenen Hund vor die Tür jagen. Aber schließlich muss er kacken und nicht ich. Also eben kurz besagte Tür auf, Töle raus und Tür zu. Ich höre meinen Wackel-Dackel noch wie einen Rohrspatz schimpfen. Aber hey, nach mir die Sintflut.

Normalerweise geht es in unserem Mehrfamilienhaus ja zu wie in einem Taubenschlag. Voll der Affenzirkus. Du weißt schon. Und so manches Mal kann ich mich über meine Anrainer tierisch aufregen. Aber Pack schlägt sich, Pack verträgt sich.

Der alte Müller von ganz unten rechts ist eine absolute Schnapsdrossel mit Vollmeise. In unserer Nachbarschaft ist er mehr so das schwarze Schaf. Dieser Backfisch hat echt ´nen Vogel. Wenn genannter Schluckspecht mal zu tief ins Glas geschaut hat, sieht der überall weiße Mäuse. Er hat nicht nur einen Vogel, nein, er ist auch noch ein schräger ebensolcher dazu. In der Stadtverwaltung ist er irgend so ein hohes Tier und verdient dabei auch noch ein Schweinegeld. Lebt wie die Made im Speck und frisst und frisst dabei wie ein Scheunendrescher. Ein molliger Brummbär und doof wie ein Esel. Bei dem kriegst du echt die Motten.

Seine Untermieterin von gegenüber allerdings ist schon eine geile Schnecke. Heißes Eisen. Luder. Mit der möchte ich wohl schon mal in die Kiste, um ihr den Hengst zu machen. Selbstverständlich nur in Gedanken, versteht sich. Appetit darf man sich ja schließlich holen, nur gegessen wird zuhause. Sie soll ja besonders gut zu Tieren und speziell zu vögeln sein. Charakterlich eine beknackte Pute. Dafür weiß sie aber, wie der Hase läuft. Ganz ehrlich, Leute. Mit der

würde ich nur zu gerne mal ein
erotisches Hühnchen rupfen. Eine
süße Honighummel und in jeglicher
Hinsicht ein fleißiges Bienchen.
Brustwarzen wie Treckerventile und
so. Du weißt schon. Einfach
oberaffentittenmegahammergeil.
Hammelbeine bis zum Himmel.
Allmächtiger, steh mir bei. Ständig
baggert sie mich im Treppenhaus an.
Diese hinterfotzige Labertasche.
Nicht von schlechten Eltern, aber
echt eine linke Bazille.

Neben mir wohnt die ominöse
Ingeborg. Eine ganz falsche
Schlange, wie man so schön sagt.
Bei ihr muss man eigentlich rund um
die Uhr auf der Hut sein. Blind wie
ein Maulwurf. Und irgendwie kommt
bei der jedes Jahr der
Klapperstorch. Niemand hier im
Gehege versteht, wie sie das
anstellt.

Meiner Überzeugung nach hat sie ja
eine eigene Samenbank im
Gefrierfach. Böse Zungen behaupten,

sie wäre eine schwarze Witwe. Denn kaum ist der Wurm drin, verschwindet er auch schon wieder spurlos und macht die Fliege. Und jene solche werden ja bekanntlich vom Teufel gefressen. Fällt man in den Graben, so fressen einen die Raben. Nur eines muss man dieser raffinierten Zecke lassen: Ihre Schäfchen hat sie allesamt im Trockenen. Aus sicherer Quelle weiß ich, dass sie all ihren Erzeugern immer und stetig den Laufpass gibt. Das Eichhörnchen ernährt sich zwar mühsam, aber vom Unterhalt der acht Väter kann sie anscheinend ganz gut leben.

In unserem Block hackt ja keine Krähe der anderen ein Auge aus. Jedes blinde Huhn findet oder trinkt mal einen Korn. Pferde können kotzen und Schweine pfeifen. Am Ende ist eh alles wumpe. Mein Motto als Hamburger Jung´ ist ja von jeher: Wat mutt, dat mutt. Also Butter bei die Fische.

Derweil fällt mir mein mittlerweile wohl begossener und pitschnasser Pudel wieder ein. Damit er nicht ganz vor die Hunde geht, lasse ich den Mops wieder ins Haferstroh. Weiß der Geier, wie der arme Wicht das Schauerwetter überlebt hat. Der arme Pechvogel rennt wutentbrannt und wie von der Tarantel gestochen mit Anlauf und einem gefühltem Acht-Meter-Sprung in sein Körbchen. Mit einem Leckerli ist er schnell bestochen und seine kleine Erdbeerwelt ist wieder im Lot. Damit treffe ich stets des Pudels Kern. Und anstatt fuchsteufelswild das Wohnzimmer zu zerlegen, schläft er mucksmäuschenstill wie ein Murmeltier ein. Am Ende kräht kein Hahn nach und ich habe mir für heute einmal Gassi gehen gespart.

In unserer animalischen Hausgemeinschaft fehlt schlussendlich eigentlich nur noch meine bescheidene Wenigkeit. Ich will dir echt keinen Bären aufbinden, aber hier bin ich schon der tollste Hecht im Becken. In punkto Aussehen habe ich in der Tat Schwein gehabt, auch wenn es kaum eine Sau bemerkt. Könnte ich meinen inneren Schweinehund überwinden, wäre ich bei der süßen Maus von unten aber gerne mal ein Ferkel.

Nun denn, geht zoologisch gesehen voll ab hier. Ich wohne saumäßig gerne hier. Wie ein kleiner Streichelzoo. Nur ohne Anfassen. Schade manchmal. Das Leben ist ja auch kein Tanzverein. Aber mitunter allererste Sahne. Und wenn es nicht Not tut, beißen den Letzten ja sowieso die Hunde. In diesem Sinne: Traue niemandem, der keine Tiere mag. Er ist vielleicht einfach nur tierisch kacke.

Rache ist süße Blutwurst

Das Leben ist kein Wunschkonzert. Kein Ponyhof und ebenso wenig ein Zuckerschlecken. Manche sagen, es ist das Glück in Arbeitshosen, eine Baustelle oder halt doch bloß zweiundvierzig. Weit gefehlt. Alles Bullshit. Das Leben ist ein Arschgeweih. Man trifft die vielleicht wichtigste Entscheidung und stellt kurz darauf fest, dass es für´n Arsch war. In diesem Fall wohl eher über´m Arsch. Unumkehrbar müssen wir fortan die Häme dieser Welt für alle Zeiten ertragen. Zugegebenermaßen trifft dies meist auf die Damen unseres blauen Planeten zu. Wir Herren der Schöpfung hingegen machen lieber peinliche Abende und prollen uns gegenseitig nieder. Tja, und ebensolches Event steht mir gleich bevor: Männerabend.

Um zwanzig Uhr schlagen die Jungs bei mir auf und stehen auf der Matte. Fussi schauen, um die Wette rülpsen, Arschkratzen und über Frauen lästern. Was wir halt so am besten können. Was gibt es Schöneres? Jede Menge Bier und Schnittchen, diese welche meine Regierung vorab sehr liebevoll kreiert hat. Das Dumme ist nur, dass die Mutter meiner Kinder heute Abend zuhause bleiben will. All meine Versuche, sie in die Wüste zu schicken, sind fehlgeschlagen. Grundsätzlich hat sie das letzte Wort, was da lautet: Nein! Irgendwann habe ich nachgegeben und die goldene Arschkarte akzeptiert. In Erwartung einer mittelschweren Katastrophe klabüster ich einen Plan B aus. Da ich Satans Braut nicht mundtot machen kann, werde ich sie so gut es geht beobachten und beschäftigen. Eine Mammutaufgabe, wenn man bedenkt, dass ich ja eigentlich mit den Anderen chillen möchte. Nichtsdestotrotz muss ich um alles in der Welt verhindern, dass sie dieses eine Wort sagt. Dieses eine

Wort, welches jeden Männerabend kaputt macht. Dieses eine Wort, das keine Frau jemals aussprechen darf. Das böse Frauen-Tabu-Wort, wenn man so will. Plan C wäre demnach übrigens, sie umzulegen, um die Ecke zu bringen oder über den Jordan zu wuppen. Ich hoffe und bete, dass es nicht so weit kommen wird und so lautet meine vorläufige Devise: Abwarten und Tee trinken. Tee finde ich nebenbei bemerkt auch doof. Und Nazis. Du weißt schon.

Während ich meine Stube zu einem gemütlichen Stadion herrichte, trudeln meine Genossen pö a pö ein. Darf ich vorstellen: Zum Einen wäre da der Möppel. Bei ihm hatten die anderen Samenzellen damals Mitleid. Aber er hat das Herz am richtigen Fleck.

Ein richtiger Frauenversteher und diesbezüglich, nach eigenen Angaben wohlbemerkt, der größte Experte auf diesem Gebiet. Schade nur, dass er noch nie eine Schnitte hatte. Mal abgesehen von seiner besseren Hälfte hat er, so glaube ich, noch nie eine andere gepimpert. Was für ein gruseliger Gedanke. Wir anderen glauben ja und sind uns einig, dass er heimlich schwul ist, was wir nur leider bis dato nicht belegen können. Im Übrigen hat er von Fußball so viel Ahnung wie eine Kuh vom Lasso-Werfen. Und so ganz nebenbei ist er auch noch der Wirt von meiner liebsten Spelunke und mein allerbester Freund. Wer nichts wird, wird Wirt.

Der Zweite in unserem Bunde ist ein Engländer namens John. Aufgrund seiner fehlenden Deutschkenntnisse nennen wir ihn alle bloß Twenty, weil er nur eben so viel Wörter in unserer Sprache beherrscht. Zehn davon sind vermutlich Biersorten. Er ist furchtbar hässlich und ein Angeber vor dem Herrn. Und saufen kann der, bis der Arzt kommt.

Zu guter letzt ist da noch Bokowski. Der heißt wirklich so und zwar mit Vornamen. Mit einem grenzenlosen Allgemeinwissen ausgestattet hat er uns schon so manches Mal die Welt erklärt. Nachts liest er heimlich immer schlüpfrige Romane und spielt dabei an seinem Piedel herum. Er würde es zwar ums Verrecken nicht zugeben, aber wir haben ihn schon dabei beobachtet und sogar gefilmt. Man weiß ja nie, wofür solches Material noch gut sein kann. Du weißt schon.

Wie dem auch sei. Kommen wir zum Wesentlichen. Schon sehr bald stoßen wir an. Prost. Hau wech die Scheiße. Von der Mitte an die Titte. Zack zack und das Spiel läuft. Die Küche immer im Augenwinkel lehne ich mich zurück. Kaum dass sieben Minuten gespielt sind, ist mein Schnuffel bereits mit einem großen Teller unserer heißgeliebten Schnittchen im Anmarsch. Nachdem wir uns alle brav bedankt und sie mit Komplimenten überschüttet haben, macht sie stolz

wie ein Pfau kehrt, ohne auch nur
den geringsten Mucks von sich zu
geben. Puh, das ging schon mal
glatt. Diesen Gedanken habe ich
noch nicht mal beendet, da schreit
sie wie von der Tarantel gestochen
aus ihrer Küche heraus. Wie jetzt?
Zalando? Nichts dergleichen. Nur
lediglich das Radio aufgedreht
singt sie lauthals und mächtig
falsch einen Schmachtfetzen von
Andrea Berg mit. Also schön. Phase
Eins des Geschlechterkampfes hat
begonnen. Meinerseits drehe ich nun
meine Dolby-Surround-Anlage mit
Subwoofer kräftig auf.
„Soll ich Euch noch einen Salat
machen? Und überhaupt: Seid ihr
taub? Könnt ihr nicht mal etwas
leiser sein?" Ja nee, is´ klar. Das
Spiel ums runde Leder leise gucken.
Am besten noch mit Untertitel.
Hallo, geht´s noch?

Nachdem wir sie über unsere
Vitamin-Allergie aufgeklärt haben,
dampft Madame schwer beleidigt von

dannen. Mit hochrotem Kopf und schnaufender Nase wohlbemerkt. Und das bedeutet in der Regel so rein gar nichts Gutes. Aus bereits erwähntem Augenwinkel sehe ich noch, wie sie zu ihrem Handy greift. Aha, Phase Zwei ist eingeläutet. Wir schreiben die neunzehnte Spielminute und sie ruft ihre beste Freundin an. Ich konnte diese vermaledeite Hexe noch nie leiden. Ständig setzt sie meiner Muschemusch irgendwelche Flöhe ins Ohr. Und ich darf hinterher wieder alles ausbaden. Ergo sperre ich meine Lauscher auf Empfang und versuche, natürlich wie immer vergebens, die Lage zu peilen. Mit an Sicherheit grenzender Wahrscheinlichkeit lässt sich mein Frauchen grad zu einer fiesen Vendetta überreden. Dessen bin ich mir sicher.

Aber noch ist alles ruhig und einigermaßen im Gleichgewicht. So wende ich mich dem eigentlichen

Sinn des Abends zu. Das Spiel ist
eher langweilig und zäh, weil sich
die Nordtiroler, also die Bayern,
hinten reinstellen und mauern. Den
Fischköppen aus Hamburg fällt aber
auch nicht besonders viel ein, um
das bajuwarische Bollwerk zu
knacken.

In Muttis Stube ist es verdächtig
still. Mir schwant so ganz und gar
nichts Gutes. Eher furchtbar Böses.
Ich beschließe kurzerhand, selbst
in Phase Drei überzugehen und die
Bar zu plündern. Korn und Weinbrand
lässt die Herrenrunde jubeln. Mit
genügend Feuerwasser im Schädel
werde ich das zu erwartende
Armageddon schon ertragen. Mit Drei
Acht in den Glocken gibt sie
möglicherweise klein bei.

Denkste. Denn was ich nicht weiß:
Ihrerseits lädt sie ihre Kanonen
bereits mit reichlich Prosecco. Und
in der zweiunddreißigsten
Spielminute kommt sie auch schon
angestiefelt. Ihren

heruntergezogenen Augenbrauen zufolge befindet sie sich bereits in Phase Vier, die da lautet: Provokation!

„Wer spielt denn da?" Diese mitnichten harmlose Frage ist schon beinahe eine Kriegserklärung. Nur jetzt nicht ins Fettnäpfchen treten. Es gilt, eine Verschlimmbesserung zu vermeiden.

„Und wer sind die Roten? Die finde ich hübscher." Gleich ist es soweit und der Sprung an ihre Kehle ist nicht mehr nur graue Theorie. Blutgrätsche. Gras fressen. Das ist nicht hübsch, du dusselige Kuh. Kontrolle. Behalte bloß die Kontrolle, auch wenn du für diesen Mord höchstwahrscheinlich einen Freispruch kriegen würdest. Wäre dann ja wohl Notwehr. Komm schon, du liebst sie doch ohne Ende. Sie darf alles, nur nicht dieses eine Wort sagen. Du weißt schon. „Der blaue Spieler hat den roten weggeschubst. Das ist jetzt aber unfair. Und überhaupt: Für mich eine klare Rote Karte." Zähneknirschend versuche ich, diesen Zoff zu vermeiden. Lass sie nur quatschen. Hauptsache, sie sagt nicht dieses eine Wort.

Halbzeit. Meine Fresse, das hätten wir schon mal überlebt. Um der Frieden Willen schwenke ich die weiße Fahne und will bei meiner Püppi schleimig anbandeln. Wirklich dämlich ist sie ja nun nicht, denn diesen Köder schluckt sie leider nicht. Dafür umso mehr von ihrer Muschi-Brause. Alles paletti. Sie arbeitet fieberhaft an Phase Fünf. Nur zu deiner Erklärung: Die letzte und entscheidende Phase Sechs wäre das böse Frauen-Tabu-Wort und somit der finale Todesstoß.

Also schön, ich hab´s gecheckt. Für mich gildet es ab sofort auch die letzte Schlacht vorzubereiten. Ein Blutbad ungeheuren Ausmaßes wird diesen Männerabend für alle Zeiten überschatten.

Die zweite Halbzeit beginnt. Es steht immer noch Null zu Null. Das Spiel ist zerfahren. Was ist denn das bitte für ein bescheuertes Reporter-Lieblingswort? Leicht im Vorteil warte ich auf den weißen Handschuh. Die Minuten zerrinnen wie endlose Stunden, ohne dass irgendetwas Nennenswertes passiert. Die Ruhe vor dem Sturm. Ein letztes Schnittchen. Henkersmahlzeit. Ich schwitze wie ein Schwein und zittere wie Espenlaub. Keine Angst. Du hast keine Angst. Angst ist etwas für Hosenscheißer. Und plötzlich fällt es mir wie Schuppen von den Haaren. Wie vom Blitz getroffen schrecke ich hoch. Meine Gedanken fahren Karussell und ich kriege deutlich und glasklar Bilder in den Kopf. Erinnerungen an ihren letzten Mädelsabend. Das ist mein Ende und ihr Blick bestätigt es mir in genau diesem Augenblick. Das Arsen schlucke ich exakt jetzt. Zugegeben war es anfangs sehr lustig, wenngleich auch nur für mich.

Ein ums andere Mal habe ich mich vor Lachen weggeschmissen. Und dabei meinte ich es doch nur gut, als ich den Weibern einen ganzen Karton voll Batterien für ihre Dildo-Party organisiert habe. Okay, dass die Tupperbox kein Aschenbecher ist, habe ich dann später auch geschnallt. Meine Güte, muss man denn gleich so einen Herrmann daraus machen? Immer schön geschmeidig bleiben. Doch den Zicken wurde es allerdings irgendwann zu bunt und somit verwiesen sie mich des Wohnzimmers. Geht´s noch? Das ist mein Haus. Ihr Tussen seid hier nur Gäste. Ich ging hoch in mein Schlafzimmer und schmollte erstmal vor mich hin. Unten stieg die Laune offensichtlich rapide an. Das Gegacker und Gekreische wurde zunehmend lauter. Die Puffbrause floss nun reichlich und in Strömen.

Ich fühlte mich erbarmungslos ausgegrenzt. Armes Tut-Tut. Ich, ich, ich, der Mann im Haus. Aber mein leichtes Grinsen wurde dann doch noch zu einem Honigkuchenpferd und so schlief ich beseelt und glücklich ein. Meine Jungs haben sich tags darauf schief gelacht.

Und nun das. Die Frage, ob mein Hasi noch einige Schnittchen macht, hat sich spätestens jetzt erledigt. Dieser Drops ist längst gelutscht. Und als würde der Sensenmann nicht schon heftig und laut genug an meiner Tür klopfen, fällt genau in diesem Moment das erste Tor. Allerdings nicht für die hübschen Roten. Das ist mein Ende. Selbst eine bedingungslose Kapitulation ist nicht mehr verhandelbar. Töte mich bitte jetzt. Kurz und schmerzlos.

„Das war klar Abseits."
Da ist es. Das böse Frauen-Tabu-Wort, welches Männer immer sofort erkennen, aber nicht wirklich

verstehen und erklären können. Abseits. Von einer Sekunde auf die nächste brach hier die Hölle los. Ein Inferno an übelsten Schimpfwörtern brachte unsere ganze Straße einem Erdbeben gleich zum Beben. So oder so ähnlich muss damals der Urknall gewesen sein. Alle Weltkriege in nur einem einzigen Augenblick vereint. Meine persönliche Hinrichtung. Der Abend war gelaufen. Dieser Punkt ging deutlich an meinen Drachen. Diesen Triumphzug wird sie bis zur Morgendämmerung auskosten. Das zu verlegende Rohr kann ich mir für heute Nacht natürlich abschminken. Du weißt schon. Gute Nacht Welt. Ich bin dann mal geviertteilt. Das haste nun davon. Aber ich liebe dich trotzdem, weil ich weiß, dass morgen früh wieder alles im Lack ist. Und deinen bescheuerten Kühlschrank repariere ich sowieso erst in zwei Monaten.

Faust auf Faust

Zwischendurch erzähle ich Euch mal
einen Schwank aus meiner Jugend. Es
war damals in den Achtzigern. War
schon eine geile Zeit, denn
immerhin war ich ja selbst dabei.
Ein junger Spund mit jeder Menge
Flausen im Kopf. Ein dürrer
Hungerhaken mit losem Mundwerk,
wenn man so will. In der Blüte
meiner sonst so glanzlosen Jugend.

Es war mal wieder Jahrmarkt in
unserer kleinen Stadt. Und
Rummelzeit ist Fummelzeit. Die
Mädels waren ja auch nicht so ganz
ohne. Wir hatten jedenfalls schon
reichlich getankt. Vorgeglüht
sozusagen. Und so standen und
gammelten wir beim Autoscooter rum
und spielten Luftgitarre zu *Black
Betty.* Du weißt schon. Bämäläm und
so. Den Text konnte eh keiner
richtig mitsingen. Aber kleine
Jungs müssen auch mal für kleine
Mädchen. Nase pudern. Pissen. Auf
dem Weg zu meinem Erleichterungs-

Örtchen remple ich glatt aus
Versehen den dicken dummen Rudi an.
Dieser Wichser kam aus dem Kaff
nebenan und konnte mich sowieso nie
leiden. Von dem gab´s zumeist immer
einen auf die Mütze. Voll aggro und
ätzend. Er packte die Situation
beim Schopfe und somit war Kloppe
unausweichlich angesagt. Da fackelt
der auch nicht lange. Auf gut
Deutsch Bambule. Auge um Auge, Zahn
um Zahn und potenziell auch ein
paar Zähne raus. Innerhalb von
Sekunden bildete sich eine Traube.
Die meisten kamen aus unserer City
und somit war es unser Jahrmarkt.
Ich hatte ein Heimspiel. Dieser
Kasper wollte mich in die Schranken
weisen und forderte mich also nun
heraus. Markiert hier einfach so in
meinem Revier herum und versprüht
seine Duftmarken. Soweit kommt´s
noch. Dem juckte echt das Fell. Mit
allen auf mich gerichteten Augen
musste ich es also zu verhindern
wissen, dass mich diese Flachflöte
aufs Kreuz legt. Besonders mutig

war ich ja nie, aber Kneifen war
spätestens jetzt nicht mehr drin.
Sonst hätte ich mir Knutschen für
den Rest des Abends abschminken
können. Mit Bange um meine Wange
ging ich prompt und frisch ans
Werk. Zu diesem Zeitpunkt hatte ich
mir bereits drei oder sieben
Schellen eingefangen. Auf meinem
Konto stand lediglich eine
Backpfeife zu Buche. Taumeln, aber
nicht fallen. Und ich hielt mich
enorm wacker. Nur wie sollte ich
diesen Riesen, der wahrscheinlich
doppelt so viel wog wie ich,
bezwingen? Eine gute Idee musste
also her und zwar so schnell wie
möglich. Einstecken konnte ich bis
dahin ganz gut und so klatsche es
weitere dreimal. Ich entschied zu
versuchen, diesen Pflaumenpflücker
auf den Boden zu kriegen.

Ein paar Schwinger meinerseits
schwangen behände in den leeren
Luftraum. Im gleichen Atemzug
erwischte ich mit einer schönen

Geraden volles Pfund seinen
Riechkolben. Es knackte herrlich
und sofort floss Blut. Schönes
Ding, dachte ich so bei mir. Das
hat gesessen. Und genau diesen
Augenblick nutzte ich aus. Eine
andere Wahl blieb mir ja auch gar
nicht, denn dieser Lappen kam recht
schnell wieder auf die Beine und
zur Besinnung. Und fünf Sekunden
später hätte er mich ordentlich
vermackelt. So viel war sicher. Die
Gefahr war also nach wie vor im
Verzug. Mach dir jetzt bloß nicht
ins Hemd, Digga. Sonst biste weg
vom Fenster. Mit einem gekonnten
Hechtsprung war ich an seinem Hals,
nahm ihn in den Schwitzkasten und
zwang ihn mit einem Stellbein zu
Boden. Er schnaufte widerlich und
versuchte krampfhaft, sich aus
dieser misslichen Lage zu befreien.
Unkontrolliert donnerte er seinen
Ellenbogen in Richtung meines
Gesichts. Und dieser fette Penner
erwischte mich tatsächlich und
brach mir ebenfalls den Zinken. Nun

bluteten wir um die Wette, aber ich hielt ihn unten und drückte immer fester zu. Aus dieser Klemme kam er nicht mehr heraus, so sehr er sich auch bemühte. Ich zog die Schlinge um seinen Hals weiter zu, bis er nur noch schnappatmete. Ich forderte ihn auf aufzugeben. Warst auch ein würdiger Gegner. Und mit seinem letzten Atemzug stammelte er schließlich und für alle deutlich hörbar: „Ich gebe auf."

Ich ließ von ihm ab und die Sache war gegessen. Harter Brocken, verdammter. Wir soffen noch reichlich Bier zusammen. Shake Hands und Prost. Ja, so war das damals in den Achtzigern. Geile Zeit, oder?

Hex Hex

Frauen sind ja schon irgendwie seltsame Wesen. Man weiß nie, was Einen nun unerwartet erwartet. Heute Hüh und morgen Hott. Im Grunde kann man das schwache Geschlecht (ich lache mich gleich schlapp) mit drei Worten beschreiben: Hunger, Pipi und kalt. Meine First Lady beispielsweise friert sich ständig ihren Allerwertesten ab, aber Mütze aufsetzen sieht ja doof aus. Geht ja mal gar nicht. Stattdessen steigt sie abends lieber mit ihren Eismauken in die gemeinsame Furzmulde. Und wir Dreibeiner dürfen es aushalten. Irgendwo hört der Spaß aber auch mal auf. Zumeist will Mumu dann sogar noch kuscheln. Immer die gleiche Leier. Der Bumsbarkeits-Index sinkt auf Minusgrade und ich schmiede wiederholt leichte Mordpläne. Du weißt schon, mein Männerabend. Doch bevor sie ihre Krallen ausfährt und hier gleich Köpfe rollen, tue ich so, als würde ich bereits pennen. Mit dem furchteinflößenden Gezeter einer paranoiden Voodoo-Priesterin schmollt sie neben mir vor sich hin und zieht eine Schnute bis nach Meppen. Sie ist schon ziemlich süß, wenn sie dermaßen meckerig ist. Muss ich an dieser Stelle ja auch mal erwähnen. Völlig erschöpft von gefühlten fünfhundert ausgesprochenen Schimpfwörtern der Kategorie „sehr, sehr weit unter der Gürtellinie" gegen meiner Einer schläft sie schließlich doch irgendwann selig ein. Gnadenstoß in letzter Sekunde verhindert. Die Nacht bleibt ruhig und alles ist wie gehabt. Beim Aufwachen stehe ich voll im Saft, aber Lulu hat nichts Besseres im Sinn, als mir wegen dem Firlefanz vom Vorabend auf die Senkel zu gehen. Dieses nachtragende Biest besteht tatsächlich auf die obere Brötchenhälfte und macht ansonsten auch mehr so ein übertriebenes Ding aus der Sache. Das geht so ganz und gar nicht über meine Kuhhaut. Tolle Wurst. Mein Ego ist sowas von verletzt. Zunächst brockt sie mir die Suppe ein und ich armer Kerl soll diese dann wieder auslöffeln. Als Entdecker des sagenumworbenen G-Punkts muss ich mir stattdessen am frühen Morgen einen Vortrag über Laktose-Intoleranz anhören. Dabei fängt sie auch noch leicht an zu flennen und ich akzeptiere den abgefahrenen Zug endgültig. Aber dreimal darfst du raten. Das Drama nimmt erst jetzt so richtig seinen gnadenlosen Lauf. Bei dem Versuch, die neue zuckerfreie Bio-Marmelade aufzumachen, bricht sie sich doch wirklich einen Fingernagel ab. Das Corpus Delicti wandert mit Schwung in der Mülltonne. Nun ist Holland in Not. Polen offen, du weißt schon. Völlig neben der Spur und wie von Sinnen macht sie mit kullernden Krokodilstränen einen OP-Termin in ihrem Nagelstudio und erbittet Heilung. Poppen kann ich mir für den Rest des Tages oder Jahres abschminken. Und als hätte ich es im Urin gehabt, gibt sie mir für ihren persönlichen Weltuntergang auch noch die Schuld. Wie kann man wegen so einer Pipifax-Lapaille eigentlich solch einen Aufstand machen? Geschickt schickt sie mich in die Wüste. Zur Strafe pinkle ich im Stehen. Leider dumm gelaufen, dass sie mich dabei auf frischer Tat ertappt. Mein Besen wünscht mir eine gute Reise. Und die, die dies tun, soll man ja bekanntlich nicht aufhalten. Ich mache mich also auf die Socken und überlege, in den Harz zu fahren oder dorthin, wo der Pfeffer wächst. Als klügeres Subjekt gebe ich nach. Mädchen sind ja nicht grundsätzlich blöd. Sie denken halt nur anders. Okay, hin und wieder etwas ete petete und gaga. Eben komische Leute. Und wundervolle obendrein.

Neulich beim Püschologen

Die innige Kameradschaft zu Möppel
und seiner Schänke ist meiner
Schnitte schon lange ein Dorn im
Auge. Nach jedem Brausebrand geht
sie mir mit ihrem Geschwafel aber
sowas von auf den Sack. Und eben
wegen dieser Binde, welche ich mir
ab und an oder des Öfteren
hinterkippe, sitze ich meiner
Gattin Motzpott zuliebe seit
Monaten bei einem Seelenklempner.
Nett ist ja, wie wir alle wissen,
die kleine Schwester von Scheiße.
Und mein Klapsdoktor ist
außergewöhnlich nett. Diese
Doofnuss erzählt mir ständig einen
vom Pferd und macht auf Halbgott in
Weiß. Manchmal frage ich mich echt,
wessen Schraube lockerer ist. Sein
Fachchinesisch ist für mich ein
böhmischer Wald. Und die Chemie
zwischen uns stimmt irgendwie so
gar nicht. Ich weiß bis dato nicht,
wie der ständig auf den Trichter
kommt, die Ursache für meine
Gaststätten-Sympathie läge in

meiner Kindheit. Sozusagen die Wurzel allen Übels, weswegen weil ich heute ein armes Würstchen bin. Junge, Junge. Wer hat hier eigentlich einen Dachschaden? Besonders die Penne hat es ihm angetan. Er meint doch tatsächlich, dass genau dort der Hund begraben liege. Weil mir früher die anderen Bälger regelmäßig den Hintern versohlt und somit unzählige Denkzettel verpasst hätten. Als Schmuddelkind wäre ich dann zu der verkrachten Existenz geworden, welche ich heute bin. Fühlt mir ständig auf den Zahn und zieht dabei alle Register. Aber da ist er bei mir an der falschen Adresse. Der Weißkittel will mir verklickern, ich trage die Köddel von anno dazumal in meinem Hintern immer noch mit mir herum. Was für ein geistiger Dünnpfiff. Wer ist hier nicht recht bei Trost, hä?

Mitunter ist es aber auch durchaus amüsant. Dann probiert er so merkwürdige Rollenspiele mit mir aus. Ich soll dann in die Position meiner Mutter schlüpfen und sagen, was sie über mich denkt und so. Du weißt schon. Diese Kakerlake kommt bei jeder Sitzung stets zu dem Schluss, ich wäre ein Elternschmuser und schreie nach Liebe. Diesen mentalen Unrat brennt mir dieser Kauz dann Woche für Woche ins Gehirn. Aber ich kaufe seine Sackkatze nicht. Verstehe immerfort nur spanischen Bahnhof. Und all dieser Pomp nur, weil ich manchmal ein Pils verhafte? Ist doch nicht die Possibility. Er resümiert stets, dass bei mir Hopfen und Malz verloren sind. Nach jedem Treffen ist er völlig bedient und mit seinem Latein am Ende. Aber hey, Wayne interessiert´s?

In voller Erwartung auf einen schönen, frischgezapften Gerstensaft verabschiede ich mich von dem Backfisch, denn in der Kaschemme meines besten Freundes

nebenan steppt der Bär. Happy Hour.
Das hat mir ein Vögelchen
gezwitschert. Und die wissen es von
den Dachspatzen. Einem geschenkten
Gaul schaut man ja auch nicht alle
Tage ins Maul. Was soll´s. Mein
Name bleibt dann eben Hase und ich
weiß von gar nichts. Wissen ist
Macht und nix wissen macht dann
auch nichts. Bleibe ich halt eine
Niete und der Affenarsch kann mich
mal gern haben. Hat ja auch alles
irgendwie sein Gutes. Der
Brainfucker hat verkackt und ich
arbeite ab sofort an meinem
morgigen Kater. Tausend Russen.
Wohl bekomm´s.

Die Sache mit den Tüdelchen

Nach jeder Konferenz mit meinem Psycho bin ich immer reif für die Insel. Und so ist es reiner Zufall, dass seine Praxis direkt neben dem geschätzten Dorfkrug von Möppel angesiedelt ist. Ich schwör, wirklich Zufall. Dieser Kerl von einem Baum ist ein fettes Dickerchen. Mit seinen gefühlten zweihundertzwanzig Kilo, also etwa zwei Meter in Kubik, ist er beiläufig auch mein allerbester Kumpan. Desaströs liebenswert. Eine Perle unter seinesgleichen, wie man ihn nur einmal auf jedem Kontinent findet. Strohdoof, wenngleich der verlässlichste Mensch im gesamten Universum. Wenn wir aufeinandertreffen, macht der Intelligenzquotient einen Unterschied von hundertachtzig Punkten aus. Ein Einzeller unter den Denkenden. Und obwohl er seit drei Jahrzehnten dieselbe Ische knallt, nämlich seine Gemahlin, macht er ständig einen auf

Frauenversteher. Du weißt schon:
Mit dem Pfederflüsterer kriegt man
Jede rum und so weiter und so fort.
Ich kenne diesen Mückenpimmel seit
der Sandkiste, aber diesen Film hat
der ganz sicher noch nie im Leben
gesehen. Dafür lege ich meine Hand
ins Feuer. Oder auch nicht. Nun
gut. Als Wirtschaftsführer führt
mich mein Weg mal wieder ohne
Umwege in seine Wirtschaft. Jeden
Ersten des Monats verheize ich mein
sauerverdientes Geld in seinem
Bourbon-Salon. Und zwar bis zum
Abwinken. Er zickt zwar anfangs
immer ein bisschen rum, aber am
Ende des Tages tanzt er nackt den
Gangnam-Style auf dem Tisch. Nun
denken wir doch alle bitteschön mal
in Bildern.

„Schenk ein und mach Striche. Heute
ist Zahltag."

„Da brat mir doch einer…der
Drecksack der Nation."

„Nette Begrüßung übrigens, mein Hasibärchen. Lass mal gleich Luft aus die Gläser. Hau die Hacken in Teer, die Tassen füllen sich nicht von alleine. Ich vertrockne innerlich. Nicht lang schnacken, Kopp in Nacken und Prösterchen. Heute vernichten wir alles, was unseren Kindern später einmal schaden könnte."

Er hasst es, wenn ich ihn so nenne. Seine bessere oder schlechtere Hälfte nennt ihn immer so. Da reagiert er schon mal allergisch. Ich habe ja schon viele Spelunken in meinem Leben durchsoffen, aber hier bei ihm ist es mir am liebsten. Und während die Zeit vergeht und wir uns dem mittlerweile drittem Drink frönen, macht sich der Dickwanst immer mehr locker.

Braucht alles so seine Zeit. Rom wurde schließlich auch nicht an einem Tag erbaut. Oder etwa doch? Ist letztlich auch marginal irrelevant. Bis heute Abend will ich meine Kohle verbraten. Nichts anderes zählt. Ein Mann muss tun, was ein Mann tun muss. Und morgen habe ich dann ein Date mit meinem Pleitegeier. Wenn am Ende des Geldes noch so viel Monat übrig ist, schnorre ich mich eben durch. Das klappt immer. Da bin ich Fuchs. Aus heiterem Himmel hat mein Theken-Direktor ein fürchterliches Problem.

„Wir müssen was mit dem Johnny machen."

„Okay, was geht ab?"

„Der komische Engländer vertauscht immer die Tüdelchen."

„Äh…Ägypten?"

„Och Menno, der kann kein richtiges Deutsch. Anstatt Kühlschrank sagt der Kuhlschränk. Ist doch nicht mehr normal, oder was? Der vertauscht einfach die Tüdelchen. Und eine Frau findet der auch nicht, weil hier ja keine Engländerinnen wohnen."

Ich liebe diese Dialoge mit meinem Pummelchen. Es ist mir jedesmal ein amüsanter Heidenspaß, mit ihm die unzähligen Geheimnisse des Alltags zu ergründen. Also schraube ich mein Genius Gehirnus auf Möppel´s Niveau runter und erfreue mich seines Erbsenhirns.

„In seiner Aussprache nimmt er einfach die Tüdelchen vom **Ü** und packt sie auf das **A**. Kuhlschränk, pah. Der hat sie doch nicht mehr alle. Und dabei haben die Engländer doch gar keine eigenen Tüdelchen."

„Da hast du wohl wahr, Möppel. Weißt du, das ist so ´ne Evolutionssache. Von wegen den Neandertalern und so. Ich erkläre dir die ganze Misere mal. Es ist folgendermaßen: Die, die ihr Bier ohne Kohlensäure saufen, haben gar keine Tüdelchen. Wir Deutschen

haben ein paar davon und die Türken
haben fast nur Tüdelchen."

Nun ist er völlig konfus und
versteht die Welt nicht mehr. Ich
sehe, wie sein Amöben-Oberstübchen
arbeitet. Angesichts eines finale
grande lege ich noch Einen
obendrauf.

„Die Neandertaler sind schuld an
der ganzen Tüdelchen-Geschichte.
Überlege doch mal. Die konnten sich
damals nicht auf eine gemeinsame
Sprache einigen und haben sich
deshalb gezankt. Ein paar von denen
haben so doll geschmollt, dass sie
nach England geschwommen sind.
Viele sind halt in die Türkei
abgehauen und der Rest ist einfach
hier geblieben."

„Aha, dann hat jeder für sich seine
Tüdelchen mehr oder weniger
erfunden. Und weil wir ja alle
dieselben Vorfahren haben, sind wir
schlussendlich alle Brüdazz. Aber
wenn die Neandertaler unser aller

Ahnen sind, wie passen dann die Ostfriesen in dieses Evolutions-Konzept?"

Nun rattert seine Rübe endgültig. Ich kriege mich kaum noch ein, bewahre aber die Courtenance.

„Die Ostfriesen sind in diesem Entwicklungsverlauf nur eine Vorstufe zum Engländer."

„Aber Ostfriesen sind doch auch Deutsche, oder etwa nicht? Werden wir denn irgendwann alle Engländer? Und überhaupt: Was machen dann eigentlich die ganzen Türken?"

„Ach Dummerchen. Die Ostfriesen haben hier doch lebenslanges Wohnrecht. Solange, bis sie zum Engländer werden."

„Demnach können wir den Johnny also auch mit einer Ostfriesin verkuppeln?"

„Weiß nicht, ob man die vermischen kann."

Mein dickes Schlauschwein holt zum letzten Schlag aus.

„Aber wenn Ostfriesen Deutsche sind und irgendwann mal Engländer werden, wieso vertauscht er denn unsere deutschen Tüdelchen, wenn er selbst gar keine besitzt? Und die Türken sind dann ebenfalls auch Ostfriesen. Nur mit viel mehr Tüdelchen. Und in der nächsten Fortentwicklung werden wir Engländer ohne Tüdelchen."

„Bingo, Möppel. Du hast es."

„Wunderprächtig. Dann sind wir ja in Zukunft alle eine große Familie. Ist schon hochkomplex das mit der Evolution. Der nächste geht aufs Haus."

Zufrieden murmelt er noch einige geschwollene Sätze, die ich nicht mehr verstehe. Aber ich spüre, wie sein beschränkter Erdball frei von Unerklärlichkeiten wird. Er ist und bleibt ein unschätzbarer Trottel.

Friede seiner Asche

Es gibt ja so Tage, da jagt ein alkoholischer Anlass den nächsten. Du weißt schon. Gestern noch eitel heiter Sonnenschein und heute Beerdigung. So ist das halt. Alle Jubeljahre ist jemand tot. Und nun hat auch Opa das Zeitliche gesegnet und seinen Löffel abgegeben. Er ist quasi (wenn man so will) an seiner eigenen Henkersmahlzeit abgestorben. Erstickt an einer Peperoni. Wirklich nicht schön, aber dafür selten. Zwar war Tante Gisela sofort zur Stelle, hat aber den Luftröhrenschnitt völlig versaut. Sozusagen viermal hintereinander. Im Grunde hat diese Schrappnelle ihm den Rest gegeben. Halten wir ihr doch bitteschön mal zugute, dass sie den letzten Schuss sowieso nicht gehört hat. Die Kripo war auch der Ansicht, dass sie in guter Absicht handelte und schloss einen Mord oder Totschlag von vornherein wegen Unbildung aus. Nun steht sie da in ihrem

Friesennerz und macht einen auf
Heulsuse. Nah am Wasser gebaut war
die alte Schachtel ja schon ewig
und drei Tage. Aber wie jeder weiß,
ist sie ein raffiniertes
Schlitzohr. Scheißfreundlich und
ein Fahrgestell vor dem Herrn.
Nicht zu glauben.

Wie dem auch sei. Opa ist krepiert
und über den Jordan gegangen. Und
heute tritt er seine letzte Reise
an. Seine Tage waren ja schon
längst gezählt. Seit Jahren stand
er mit einem Bein im Grab und bis
zu seinem letzten Atemzug war er
ans Bett gefesselt. Ein Schatten
seiner selbst, wie man so schön
sagt. Und wenn jemand abnibbelt,
erweist man ihm eben die Ehre und
schickt ihn in die ewigen
Jagdgründe.

Der Pfarrer redet ohne Punkt und
Komma und was das Zeug so hält. Die
liebe Verwandtschaft macht einen
auf todunglücklich und wartet doch
eigentlich nur darauf, sich den

Anstands-Muckefuck in Schallgeschwindigkeit runter zu würgen, um sich endlich auf das hochprozentige Büfett zu stürzen. Kommt ja in den besten Familien vor. Es verspricht, ein bunter Abend zu werden und den lasse ich mir keineswegs durch die Lappen gehen. Diese armselige Gesellschaft hat wirklich mein Blut? Kann ich irgendwie so gar nicht fassen. Bestimmt wurde ich nach meiner Geburt doch adoptiert. Aber naja, jeder soll sich an die eigene Nase fassen. Für meine Begriffe habe ich mit den meisten hier auch gar nichts zu schaffen. Kruzitürken, ist das etwa meine Kusine Barbara? Ist die schon wieder auf Bewährung draußen?

Diese Haschisch-Spritzerin ist doch seit ihrer Geburt auf der schiefen Bahn. Auch so ein klarer Fall von Intelligenzbestie. Wurde vermutlich als Kind zu heiß gebadet.

Sind eigentlich alle Menschen in meinem Umfeld kaputte Geschöpfe? Diese Hinterfragung verschiebe zunächst einmal ins Jahr zweitausendneunundvierzig und gieße mir selber und ebenfalls einen auf die Lampe. Man will doch keine Spaßbremse sein. Nüchtern gehen mir diese Gesichtsbaracken eh auf die Nüsse. Und da man auf einem Bein gar nicht stehen kann, schaue ich tief und tiefer ins Glas. Es dauert gar nicht lange und Onkel Klaus dritten Grades avanciert wie bei jeder Familienfeier zum Alleiunterhalter. Dieser versaute Arschkriecher plaudert dann ausgiebig aus dem Nähkästchen und nimmt dabei kein Blatt vor den Mund. Im Wein liegt ja schließlich und bekanntlich die Wahrheit. Ich betrachte wie immer alles aus sicherer Entfernung und denke mir meinen Teil.

Zu Weihnachten oder Geburtstagen hat die Bande nie Zeit, aber kaum dass irgendwer abkratzt, haben sich

urplötzlich alle lieb. Ein äußerst
fragwürdiges Bild für die Götter.
Ist eben nicht alles Gold, was
glänzt.

Ich trinke noch gefühlte
einundzwanzig Absacker und torkle
schließlich und endlich über Umwege
nach Hause. Mir gehen die alle
ziemlich auf den Keks, aber was
willst du schon dagegen tun? Ohne
Beisetzung kriegst du deinen Anhang
ja sonst nicht zu Gesicht. Was
soll´s. Opa ist über die Wupper und
mein Leben geht auch weiter.
Irgendwann bin ich an der Reihe und
dann könnt ihr mich alle mal gern
haben.

Finger in Po

Es gibt Dinge im Leben, über die
ich nicht mal mit mir selbst rede.
Einmal im Jahr geht´s bei mir an
die Klöten. Meine Göttin von Frau
kennt da auch nix und keine Gnade.
Für Kompromisse ist sie herzlich
wenig aufgeschlossen. Vorsorge ist
in meinem Alter ja so wichtig. Als
hätte ich bereits einen Rollator
vor der Tür stehen. Manchmal bin
ich von der Existenz anderer
Primaten schwer genervt. Und da
kann ich meckern und mosern, wie
ich lustig bin. Wer nicht hören
will, muss fühlen. Und in meinem
Fall heißt das ab zur Vorkehrung
potenzieller Erkrankungen. Und da
dieses Buch auch ein Männer-
Ratgeber sein soll und ich meinem
Geschlecht ein gutes Vorbild,
krieche ich aus den Federn und
schwinge die Hufe zu besagtem
Termin. Das Wartezimmer ist, wie
sollte es auch anders sein,
proppenvoll. Es zieht wie
Hechtsuppe. Irgendwer müffelt

gewaltig unter den Achseln. Ein
kleiner Knirps versucht
verzweifelt, ein dreiteiliges
Holzpuzzle zusammenzusetzen. In
seiner Wut tritt er mir voll gegen
mein Schienbein. Du kleiner
Windelkacker. Von seiner Mutter
oder Oma (kann ich optisch gesehen
grad nicht ausmachen) gibt´s dafür
einen Satz heiße Ohren. Selber
Schuld, du blöde Mistkröte. Ich
versuche, die Wartezeit mit Lesen
zu überbrücken. Was liegt denn hier
so rum? Nur Weiber-Zeitschriften.
Die einzige Sport-Illustrierte
zerpflückt der Hosenscheißer von
eben. Bevor mir aber die Galle
überläuft, halte ich besser meinen
Schnabel. Zumal er wieder handfest
abgewatscht wird. Ich strecke ihm
die Zunge raus und genieße meinen
stillen Erfolg.

Ach herrje, die Alte neben mir hat
sich aber ganz schön Einen
aufgesackt. Das fehlt mir noch,
dass die mich jetzt ansteckt. Wer

weiß denn, was die für tödliche Viren mit sich rumschleppt? Ist doch längst bewiesen, dass Männergrippe auch nicht so ganz ohne ist.

Mir gegenüber sitzt händchenhaltend ein jugendliches Pärchen. Sie tränenüberströmt und er versucht, seine Freundin irgendwie zu beruhigen. Ich denke so bei mir: Na, Lümmeltüte geplatzt? Unbeachtet dessen blättere ich etwas in der Klatschpresse. Irgend so ein Schlager-Fuzzi hat jetzt eine blutjunge Freundin. Seine Ex macht sich vor lauter Liebeskummer ins Hemd und futtert irgendwo im australischen Dschungel Känguru-Hoden. Ehrlich, manche Leute sind doch plem-plem.

Auf der übernächsten Seite ist ein toller Bericht über den schwarzen Kontinent. Das finde ich jetzt aber mal schön. Ich könnte Euch so viele Geschichten über Afrika erzählen, wenn ich nur welche wüsste. Ein

Kreuzworträtsel springt mir förmlich ins Gesicht. Guck an, da hat schon jemand angefangen und nach drei gesuchten Wörtern wieder aufgehört. Sowas liebe ich ja. Deutsche Stadt mit acht Buchstaben. Schreibt der oder die doch tatsächlich Karstadt. Hahaha, wie geil ist das denn bitte sehr? Von mir kriegt der unbekannte Rätselfreund Extrapunkte. Werbung darf natürlich auch nicht fehlen. Haben Sie Potenzstörungen? Lässt ihr Gedächtnis nach? Verstopfung beim Wasserlassen? Hä, wie jetzt? Ich werfe das beknackte Druckerzeugnis in die Ecke. So ein Schmarrn. Nicht zu fassen.

In diesem Moment bimmelt mein Handy. Eine Simse von meiner Quarktasche. Mit Smiley und Küsschen fragt sie mich doch ernsthaft, ob ich ihr später noch Flohsamenschalen mitbringen kann. Ist ja wieder mal typisch. Du hast Verdauungsstörungen und mir schieben sie gleich einen Schlauch ins Gesäß. Ganz mein Humor. Und wie Frauen nun mal so sind, schreiben sie nicht in ganzen Sätzen, sondern abgehackt in vier oder zwölf Nachrichten hintereinander. Und vergiss bitte nicht die Kürbis-Kur für deinen nächtlichen Harndrang. Kuss, Kuss. Ich liebe dich. Meine Antwort darauf ist kurz und prägnant: Dünnes Eis, Fräulein. Ganz dünnes Eis. Ein beleidigter Smiley beendet diese Konversation. Durch den Lautsprecher werde ich auch schon aufgerufen Und von hier an geht alles sehr schnell. Am Ende bin ich froh, dass wir über dieses sensible Thema mal ausführlich sprechen konnten. Ist mir ja schließlich auch nicht leicht gefallen. Stein vom Herzen, du weißt schon. War mir jedenfalls alle Mühe wert. Und statt Flohsamenschalen besorge ich mir lieber einen Träger Bier und lasse die Gesundheit hochleben. Verflucht sei die Blasenschwäche. Prost

Prostata und mein Darm floriert
auch.

Midlife Crisis

Irgendwann kommt der Moment, wo dir unmissverständlich klar wird: Du bist nun ein Ü-Fünfziger. Sozusagen die Phase vor der Löffelliste. Da kannste auch nix dran drehen oder tun. Aus deinem Sixpack ist längst eine Wampe geworden und deine Halbglatze lässt Haare raufen immer weniger zu. Morgens Tango und abends Fango. Du weißt schon. Nach zwei Stunden Gartenarbeit gehst du am Stock und Urlaub planst du nicht mehr am Ballermann, sondern auf Balkonien. In dieser trostlosen Entwicklungsstufe deines erbärmlichen Lebens buchst du ein Jahres-Abo in der Muckibude und gehst am Ende doch nur die ersten vierzehn Tage hin. Die Kerzen auf deiner Geburtstagstorte finden kaum noch ihren Platz und deine Lieblings-Suchbegriffe bei Google sind Viagra und Golfclub-Aufnahmegebühr. Mein Nebenjob als Samenspender wurde mir altersbedingt gekündigt und in der

Lokalzeitung liest du zuerst immer die Todesanzeigen. Wer den nett gemeinten Spruch „Alter vor Schönheit" erfunden hat, sollte stundenlang in die Omme kriegen. Mal Hand aufs Herz, irgendwann ist ja auch Schicht im Schacht. Machen wir uns doch nichts vor. Der non-sexuelle Abschnitt hat begonnen. Wenn überhaupt, dann Beischlaf bis zum Bandscheibenvorfall. Deine bessere Hälfte hat auch nicht mehr ihre Tage, sondern eher so ihre Jahre. Im Wechsel oder so ähnlich. Jeden verdammten Tag verbrauchst du endlose Energie, ihr diese bekloppten Wünsche nach cremefarbenen Cabrios und Botox-Spritzen auszureden. Die Zeit zwischen silberner und goldener Hochzeit ist schon echt porno. Immer öfter keimt in dir die Frage auf: Haben meine Schwiegereltern vielleicht doch die Placenta großgezogen? Ständig mäkelt sie an mir herum. Beschwert sich monatelang über den kaputten

Kuhlschränk. Als hätte ich Alzheimer. Entschuldigung, ich meine selbstverständlich Kühlschrank. Siehste, das färbt schon ab. Die ganze Sippe macht mich schon ganz kirre. Aber ein alter Mann ist nun mal kein D-Zug mehr. Gut Ding braucht eben Weile. Bei unserem gestrigen Fernsehabend fragte sie mich doch tatsächlich, ob ich nicht auch mal diese Ahornblatt-Tabletten für eine bessere Durchblutung nehmen möchte. Das würde mir gut tun und das Herzinfarkt-Risiko senken. Dieser unverschämte Vorwurf war im wahrsten Sinne des Wortes wahrlich unangebracht unterm Gurt. Bescheuerte Planschkuh.

Im Kegelverein haben alle Rücken. Und meine Brüder und Schwestern sehen sich regelmäßig Prospekte von Reha-Zentren an. Jahrzehntelang war mein Lieblingswitz: „Was macht deine Periode…Läuft!" der absolute Brüller auf jeder Party. Aber nein, heute ist es Majestätsbeleidigung. Zumindest ein schwacher Trost, dass ich zur ersten Generation gehören werde, die AC/DC im Altersheim aufdreht.

Doch bevor der Vorhang fällt und ich mir die Kugel gebe (welches durchaus eine angenehme Alternative wäre), hole ich mir lieber die neueste Ausgabe der Apotheken-Umschau. Auch Rentner-BRAVO genannt. Denn erstens kommt es anders und zweitens als man denkt. Ich mag zwar Radieschen, aber eben noch nicht von unten sehen. Und so plage ich mich gezwungenermaßen mit den Enkelkindern rum und verprasse alles von der hohen Kante für Rihanna-CD´s und halbjährlich neue Smartphones. Aber wehe, ich lege mal meine alten Elvis-Platten auf den Teller. Dann bin ich plötzlich uncool. Da freut man sich eigentlich, dass deine eigenen Kinder endlich erwachsen geworden und außer Haus sind und nun frisst

dir dieses widerliche, verwöhnte
Pack die Haare vom Kopf.

Der springende Punkt hierbei ist
doch folgender: Das Ende der
Fahnenstange kommt allmählich in
Sicht und eigentlich willst du
langsam mal eine ruhige Kugel
schieben. Stattdessen entfliehe ich
dem verseuchten Alltag und beginne
statt des zweiten oder fünften
Frühlings eine Karriere als
Heimwerker-König. Godfather of
Bohrmaschine. Scheiße, klingt das
gut. Plötzlich ist jeder
Quadratzentimeter in deinem Haus
reparaturbedürftig. Ganz munter
nach dem Motto „Was nicht passt,
wird passend gemacht" gehe ich
frisch ans Werk. Ohne Fleiß kein
Preis, wie mein alter Herr immer zu
sagen pflegte. Eierschaukeln ist
hiermit beendet.

Frisch, fromm, fröhlich und frei
geht´s ran an die Buletten. Gleich
nach dem Frühstück Männer-Shopping
im Baumarkt. Ab jetzt ist alles

furzegal, sonst kannst du gleich einpacken. Logischerweise decke ich mich hier erstmal mit allem ein, was das Handwerker-Herz begehrt. Die Creme de la Creme der Unterlegscheiben sozusagen. Und Dingsbums. Na sach schon. Kenne ja auch nicht alle Fachbegriffe. Aber wofür gibt es Fachpersonal? Da mache ich einfach auf wichtig und erkläre meine Notsituation. Hilfsbereit erklärt mir der ausländische Student, dass er von nix versteht und erstmal seinen Kollegen fragen müsste. Zwanzig Minuten später kommt dann endlich mal ein Mitarbeiter mit Ahnung.

Und nachdem ich mit allem Pipapo ausgestattet bin, fahre ich selig wieder heim und eröffne in meinem Eigenheim gleich mehrere Baustellen. Vor dem ersten Handschlag muss ich zunächst einmal eine enorm wichtige Baubesprechung machen. Oder anders ausgedrückt:

Ein kühles Blondes, bevor die echte
Maloche losgeht.

Zuallererst kümmere ich mich um den
Kühlschrank. Untersuchen wir das
doch mal etwas genauer. Bloß ein
loses Kabel. Eine neue Birne muss
ich auch mal wieder einsetzen. Das
ist eigentlich ein Job für den
Stift. Für solch Kokolores machst
du mir monatelang das Leben schwer?
Ist ja meiner Einer gar nicht
würdig. Aber wenn ich dadurch den
Haussegen ein wenig weniger schief
bekomme, soll es mir recht sein.
Dass ich dabei voll eine gewichst
kriege, braucht ja niemand zu
erfahren. Würde ja auch an meinem
Heldenstatus kratzen. Und wo ich
schon mal dabei bin, bringe ich
ihre neue Deckenlampe auch gleich
mit an. Also schön, neu ist
vielleicht etwas übertrieben.
Dieses furchtbare Etwas war mal ein
Hochzeitsgeschenk von unseren
Nachbarn. Zwar schon
sechsundzwanzig Jahre her, aber

immerhin noch originalverpackt. Für
mich also praktisch wie neu. Auf
gut Glück und mit Trick siebzehn
gelingt mir dies nahezu perfekt.
Und fertig ist der Lack. War doch
ein Klacks. Kind und Kegel haben ja
erwiesenermaßen einen Knick in der
Optik. Die entdecken die drei
weiteren Bohrlöcher mit Sicherheit
gar nicht. Ich Schlaumeier habe
diese ja vorsorglich zugeschmiert.
Das bemerkt später keine Sau.

Kopf in Sand ist keine Gunst der
Stunde. Bis jetzt schwimmen mir
keine Felle davon. In Höchstform
reiße ich mir weiter den Arsch auf.
Das folgende Projekt wird auch kein
Pappenstiel. Der skandinavische
Schrank wird meine nächste
Herausforderung. Und wer braucht
überhaupt Montage-Anleitungen? Vier
Bretter und zweihundertachtzig
Schrauben zusammenschustern kann ja
irgendwie nicht allzu schwer sein.
Mal sehen. Vorgebohrt ist ja schon
alles. Nach Adam Riese wird dies

eine Sache von Minuten. Voll in meinem Element gehe ich ran an den Speck. Und so um und bei fünf Stunden später habe ich dieses Teil dann auch endlich fertig. Mehr oder weniger. Sieht ein bisschen nach Marke Eigenbau aus, aber ein Künstler gibt seinen Kunstwerken ja auch seine ganz besonders eigene Note. Warum schlussendlich stets eine Handvoll Schrauben übrig bleibt, ist mir bis heute schleierhaft. Da hatte die Firma wohl ein paar Tomaten auf den Augen.

Manches ist halt höhere Gewalt. Da kannst du als Ottonormalverbraucher nix gegen tun. Verflixt und zugenäht. Schließlich beherrsche ich diese Materie und Schönheit liegt ja so mehr im Auge des Betrachters. Ich jedenfalls mag meinen Schrank oder was auch immer das sein soll. Die noch folgende Auseinandersetzung mit meiner Regierung selbstverständlich

inbegriffen. Unterm Strich einigen
wir uns meist mit dem Kompromiss:
„Kannst du meinetwegen so lassen,
aber dann sieht es eben kacke aus.“
Da kann ich mit leben. Auftrag
erfüllt und wieder Ruhe für ein
paar Tage.

Social Media

Sorry du, der du dieses Buch
gekauft hast. Habe grad so gar
keine Zeit, dich weiter zu
belustigen. Muss erstmal meine
Mails checken. Bähm, Spam-Ordner
ist auch wieder voll. Alles von
Haus aus löschen. Zack. Und was
haben wir hier im Eingang?
Sterbevorsorge. Wenn´s weiter
nichts ist. Ich bin vielleicht
todunglücklich, aber nicht
todkrank. Möchte echt mal wissen,
wie die ausgerechnet auf mich
kommen. Bin doch noch im
allerbesten Zustand. Diese
Vollidioten. Vorsorglich wie ich
nun bin, kommt der Quatsch in den
Papierkorb. Ohne diese sozialen
Netzwerke hast du ja heutzutage gar
keine Freunde mehr. Früher haben
wir draußen Verstecken gespielt,
aber nun versteckt sich jeder
hinter seinem Smartphone. Als guter
Bürger muss ich mich den
Gegebenheiten anpassen und so habe
ich mir eben auch einen Account bei

fatzebuck erstellt. Die Hälfte meiner sogenannten Freunde kenne ich gar nicht. Und kaum dass ich dieses Portal geöffnet habe, flattert bereits eine F-Anfrage rein. Wollen wir doch mal sehen, wer das ist. Kelly Terenzi aus Kasachstan. Halbnackt und kaum volljährig. Sie scheint mich ja zu kennen. Warum sonst sollte sie mit mir befreundet sein wollen? Dem Braten traue ich so rein gar nicht. Löschtaste und fertig. Was gibt´s sonst so Nennenswertes? Susi postet: „Ich bin nicht gestört. Ich bin eine Limited Edition." Nee Susi, das stimmt so gar nicht. Es gibt keine gestörtere Blitzbirne als dich. Horst hat einen neuen Beziehungsstatus: „Ich will Kekse." Ist jetzt nicht wahr, oder? Aber da ich ihn seit ungefähr fünfzehn Jahren nicht gesehen habe, kriegt er von mir einen Lach-Smiley. Lucy wird hochphilosophisch: „Mach dir keine Gedanken um die Menschen aus deiner Vergangenheit, denn es hatte gute Gründe, warum sie es nicht in deine Zukunft geschafft haben." Och Mönsch, jetzt mal ohne Scherz. Wer denkt sich solche Exkremente aus? Gott, ist das hohl. Gegen Dummheit ist auch noch kein Kraut gewachsen. Ich mache lieber ein Selfie mit meiner selbst gekochten Bolognese. Lecker schmecker. Kalle kommentiert prompt wie folgt: „Sieht gut aus. Bin gleich da." Du Spasti weißt doch nicht mal, wo ich wohne. Aber anständig wie ich bin, kriegt sein Kommi von mir ein Like. So ist das halt im Internet. Da schreibst du dir die Finger wund und alles, was du für deine Saat erntest, ist ein Daumenhoch.

Bevor ich mich aus dieser Hirnrissigkeit wieder auslogge, teile ich noch schnell den Post von Monika: „Das Leben wäre viel einfacherer, wenn es nicht so schwer wäre." Batz, nicht sonderlich schlau, aber knuffig. Die heutige Generation lebt wohl

irgendwie hinterm Mond. Soll mir
recht sein. Vielleicht bin ich für
diesen Scheiß aber auch langsam zu
alt.

Klein aber oho

Die Freundin meines Kumpels dessen Schwager seine Schwester mag mich nicht sonderlich. Irgendwie sind wir uns nicht grün und demzufolge nicht auf einer Wellenlänge. Nur verstehen tue ich das ganze Theater nicht. Okay, möglicherweise ist sie der kleinste Mensch der Welt, aber dafür kann ich ja rein biologisch überhaupt nix. Es stimmt zwischen uns einfach nicht. Ist es etwa meine Schuld, dass sie nicht an die Türklinke kommt? Umgänglich wie ich nun mal bin, habe ich ihr zu ihrem letzten Geburtstag eine Katzenklappe geschenkt. Inklusive Einbau versteht sich. Der Zwergenaufstand ihrerseits war entsprechend riesenhaft. Man kann sich aber auch anstellen. Neulich im Restaurant wollte ich Einen ausgeben. Ich bestellte vier Kurze und das war auch wieder nicht richtig. Sie fühlte sich diskriminiert, wie sie meinte. Wie man`s macht... Mit ihren

Minderwertigkeitskomplexen springt die noch irgendwann suizidal vom Bordstein und ich darf die ganze Misere später rechtfertigen. Nö Leute. Nicht mit mir. Habe gehört, dieser laufende Meter arbeitet auf einem Bauernhof. Kleinvieh macht auch Mist. Ihren Führerschein hat die doch auch auf einem Bobbycar gemacht. Und einmal war sie sogar bei mir zu Besuch. Vermutlich auch das letzte Mal. Ganz mitfühlend und vorsorglich habe ich einen Tritt vor die Toilette gestellt. Eine Ungeheuerlichkeit, wie sich herausstellte und welche sie mich den restlichen Abend spüren ließ. Aber tierlieb und naturverbunden ist sie. Das muss man ihr schon lassen. Ich finde es sehr rührend, wie sie sich um ihren Dackel kümmert. Ein Bild für die Götter, wenn sie mit ihm spazieren geht. So auf Augenhöhe. Kurz und gut. In der Kürze liegt die Würze. Und so hat auch dieser Hobbit sein Recht auf frische Luft. Kannst ja auch nix

gegen machen. Ich meine es
schließlich immer nur gut mit ihr.
Aber lass die kleinen Leute reden.
Im Großen und Ganzen ist sie schon
ganz putzig. Nur eben halt
furchtbar kurz geraten. Lebt
nebenher in einer Kleinstadt. Wen
wundert`s. In ihrer Freizeit geht
sie gerne in den Flohzirkus. Im
Gemüsebeet hat sie sich schon mal
verlaufen und Erdbeeren pflückt sie
im Stehen. Kann ich da irgendwas
für? Für den Großputz ihrer
Räumlichkeiten braucht sie durchaus
schon mal eine ganze Woche. Dazu
lässt sie ihr Haus komplett
einrüsten. Und zwar von innen
wohlgemerkt.

Unterm Strich bleibt: Sie kann mich
auf den Tod nicht ausstehen. Vor
kurzem haben wir das Kriegsbeil mal
unter vier Augen begraben.
Kompromisse sind ja die Lösung für
alle Beziehungen. Ich halte ab
sofort große Stücke auf sie und im
Gegenzug hängt sie nicht mehr alles

an die große Glocke. Gemeinsam
werden wir das Kind schon
schaukeln.

Liebe geht durch den Magen

Wir Lebensgefährten sind ja einiges
gewohnt. Ob sich das Wort wohl von
Lebensgefahr ableitet? Die Antwort
darauf konnte ich gegenwärtig nicht
zu Tage fördern. Würde aber
zumindest vieles erklären. Und
bevor aller Tage Abend ist, kommt
meine große Stunde. Ausnahmsweise
bin ich mal früher zuhause als mein
Sahnetörtchen. Das eröffnet mir
logischerweise ungeahnte
Möglichkeiten. Ich könnte Haushalt
und Kochen simultan in trockene
Tücher und somit mir nichts dir
nichts erledigen. Wäre doch
gelacht, wenn ich Master of
Desaster nicht alles synchron
verrichten kann. Multitasking ist
nicht nur was für Ritzenpisser. Den
Gegenbeweis werde ich heute
antreten. Für mich wird das ein
Klacks. Das kriege ich schon
irgendwie gebacken. Was sie kann,
kann ich schon lange.

Also gut, ich brauche eine Erleuchtung. Staub so weit das Auge reicht. Was für eine Buckelei. Und während sich der Nebel wieder lichtet, schnippel ich die Zwiebel erstmal in einen Würfel. Habe mir vorgenommen, italienisch zu kochen. Spaghetti Bolognese. Du weißt schon. Hab das ja auch später gepostet.

Grande Katastrophe. Aber bis jetzt haut alles hin. Knoblauch schneiden ist ja auch nix für Grobmotoriker. Somit entscheide ich, die Knolle im Ganzen zu verwenden. Wird ja wohl schon zerkochen. Und fertig ist die Kiste. Um mein Flauschibärchen zu beeindrucken, kenne ich ja nix und komme jetzt erst so richtig in Fahrt.

Wäschewaschen hat sie mir zwar bisher verboten, aber das kann doch eigentlich nicht so schwer sein. Höschen, Shirts und Handtücher gehen ja wohl in eine Waschladung. Farben spielen dabei eher keine

Rolle. Denke ich mir zumindest so.
Volle Dröhnung Kochwäsche. Meine
stinkenden Turnschuhe mit rein und
ab geht´s. Was soll da schon
schiefgehen?

Während mir der Saugroboter ständig
lästig zwischen die Quadratlatschen
fährt, setze ich bereits das H2O
für die Pasta auf. Diese kleine
Pause nutze ich, um die Bude weiter
auf Vordermann zu bringen. Leichte
Hektik macht sich breit und ich
überlege ernsthaft, mir Einen in
die Birne zu kloppen. So leicht
feucht-fröhlich wäre dieser ganze
Irrsinn besser zu ertragen. Aber
nein. Heute wollen wir mal ganze
Arbeit leisten. Und so setze ich
alle Hebel in Bewegung, dieser Lage
Herr zu werden.

Ich koche das Kilo Tomaten bis zur
Unkenntlichkeit und füge dem Ganzen
alle weiteren Zutaten zu. Dass mir
der Salzstreuer direkt in den Topf
fällt, lasse ich mal unerwähnt. Ist
ja auch nicht weiter tragisch. In

irgendeiner Kochshow habe ich mal gelernt, dass man übermäßigen Salzgebrauch mit Milch und Zucker wieder eliminieren kann. Also rein damit. Geht doch. Gesagt getan. Immer noch besser, als komplett zu versagen.

Nun muss ich aber hundertpro konzentriert am Drücker bleiben. Später kann ich immer noch alles auf meine Kappe nehmen. Aber bis dahin rette ich, was zu retten ist.

Saugroboter und Waschmaschine piepen gleichzeitig. Habt ihr euch abgesprochen, oder was? Bevor ich mir die Finger wund putze, muss ich all diesen Sachen ein Ende bereiten. Meine Venus springt sonst gleich im Dreieck oder an die Decke, wenn sie daheim kommt. Nun benötige ich doch etwas mehr oder weniger Zielwasser. Langsam komme ich aus dem Schneider und bete, dass sie keine Lunte riecht. Alle Achtung, da fehlte wirklich nicht viel. Diese Zwickmühle habe ich überdauert. Dem romantischen Abend ist nichts mehr hinderlich. Die Nüdelis sind in Arbeit. Das Gehackte habe ich dann schlussendlich auch gefroren in der Pfanne zurecht gebrutzelt. Und die Soße ist zwar mehr so eine Suppe geworden, aber wozu hat irgendein schlauer Mensch mal irgendwann den Soßenbinder erfunden? Verdammte Hacke. Wenn ich damit meine Honighummel nicht beeindrucke, weiß ich auch nicht.

Zugegeben haben meine Tennissocken mittlerweile einen leichten pinken Touch, aber um sie zu beglücken ist mir alles recht. Sie liebt mich schließlich auch mit all meinen Fehlern, wenngleich ich derer eigentlich gar keine habe. Wir Männer sind halt so perfekt wie wir sind. Liebe ist wie eine Spaghetti Bolognese und geht durch den Magen. Macht schön warm im Bauch und fühlt sich ja auch irgendwie an wie Schmetterlinge. In diesem Sinne ist

alles gesagt. Männer ticken halt
bescheuert. Muss ja nicht immer
alles tausendprozentig sein. Der
Wille allein zählt und das alleine
ist wichtig. Guten Hunger.

Großeinsatz

Es ist mal wieder Samstag. Wie immer freue ich mich auf meine Sportschau. Dumm nur, dass diese erst um achtzehn Uhr beginnt. Und da meine schrecklich nette Familie seit dem Morgen grölt, nölt, nörgelt und halb am Verhungern ist, steht der wöchentliche Großeinkauf an. Und selbst wenn du alle Teile von SAW und Halloween in- und auswendig kennst: Bei diesem unseren Ereignis wird der Tanz der Teufel zum Liebesfilm.

Nun denn. Augen zu und durch und ab durch die Mitte. Als Oberhaupt dieser Sippe gehe ich selbstverständlich mit gutem Beispiel voran und fülle den Kofferraum zunächst einmal mit gefühlten fünftausend leeren Bierdosen. Pfandgeld. Du weißt schon. Mit einer Einkaufsliste dick wie Duden geht es also los. Während der Exorzist (also mein holdes Weib) quietsch vergnügt NDR1 im

Autoradio sucht, kriegen sich meine beiden Enkel Chucky und Jason auf der Rückbank mächtig und zum siebzehnten Male in die Haare, obwohl wir noch nicht mal vom Hof losgefahren sind. Ausgerechnet heute brechen sie ihren eigenen Rekord. Das kann ja heiter werden. Nur für den Fall, dass du denkst, zwei Mädchen wären der blanke Horror, dann ist Hannibal Lecter auch der Weihnachtsmann. Es ist ja nicht so, dass ich meine beiden Nervensägen nicht über alles liebe, aber manchmal wünsche ich mir doch zwei kleine Freddy Krüger, die sich verstehen. Zum „An-die-Wand-klatschen" diese Racker. Die beiden sind echt der Burner. Stark untertrieben wohlgemerkt. Der Eine Schalke 04 mit Freundin, der andere Borussia Dortmund ohne Freundin. Der Lütte noch LEGO, der Große bereits BRAVO, wenn du verstehst, was ich meine. Um es kurz zu machen: Die beiden haben so rein gar nichts gemeinsam. Während ich meinen Blick nach rechts zu meiner Beifahrerin wende, stelle ich mir die Frage, ob diese zwei Nervensägen von Enkel überhaupt von mir sind. Aber dann kriege ich Schiss, dass ein Groß-Vaterschaftstest mir die letzte Illusion meiner Midlife Crisis zerstört.

„Schmusi-Pupsi hör doch mal. Helene Fischer…lalalala, Atemlos durch die Nacht." Wie ich bereits erwähnte: Meine letzte kleine Illusion.

Um mir den Einkauf ein wenig zu erleichtern, mache ich daraus ein Spiel.

Level eins: Die Fahrt.
Welche ja nun mittlerweile fast geschafft wäre. Beim Einparken überfahre ich beinahe einen Kinderwagen. War schon knapp. Ist aber nichts passiert. Zwei steinalte Damen versperren mir wildgestikulierend den Eingang und tauschen die neuesten

Gulaschrezepte aus, während sich
ihre widerlichen Kläffer
gegenseitig die Pupe schmatzen. Na
lecker, das fängt ja gut an.

Level zwei: Plötzlich sind alle
futsch.
Der Exorzist zum Gemüse. Chucky in
die Süßwarenabteilung und Jason
nach sonstwo und keine Ahnung
wohin. Meiner einer schiebt
schweißgebadet drei Einkaufswagen
zum Leergutautomaten. Dass sich in
der Zwischenzeit hinter mir bereits
eine Schlange von zirka fünfzig
Metern gebildet hat, lässt mich in
diesem Moment allerdings kalt. Was
guckt ihr so blöd? Pfandpiraten
haben es auch nicht immer leicht.
Jedoch suche ich in den grimmigen
Gesichtern vergebens nach
Verständnis. Dass der Automat
ausgerechnet bei meiner
allerletzten Bierdose wegen
Überfüllung den Geist aufgibt,
nenne ich an dieser Stelle einfach
mal Zufall, obwohl ich nicht an

Zufälle glaube. Alles im Leben ist Schicksal. Kaum dass ich mir ein fettes Grinsen verkneifen kann, drücke ich den grünen Knopf. Sechsundachtzigfuffzig. Nicht schlecht, Herr Specht. Ich drehe mich noch einmal zu den mittlerweile neunzig Metern um und fahre sehr diskret, elegant und wirklich höflich meine beiden Stinkefinger hoch.

Level Drei: Entspannung.
Es ist die mit Abstand ruhigste Phase des gesamten Einkaufs. Das Schweigen der Lämmer, wenn man so will. Alle sind weiterhin futsch und mit sich selbst schwer beschäftigt. Mein Teufelsaustreiber huscht hektisch, meist doppelt und dreifach, zwischen den Gängen umher und versucht krampfhaft, den dicken Duden abzuarbeiten. Dumm nur, dass sie ausgerechnet heute ihren Stift zum Abhaken vergessen hat. Aber ganz im Vertrauen, dass Multitasking doch kein Mythos ist,

schaue ich ganz unverblümt nach meinen Jungs. Während Dortmund sich genüsslich mit Süßigkeiten auseinandersetzt (an der Kasse bezahle ich meist sieben bis acht leere Verpackungen zusätzlich), finde ich Schalke 04 in bereits erwähnter Spielwarenabteilung. Und wie immer fühlt er sich dabei völlig unbeobachtet. Für mich als verantwortungsvoller Großvater ist diese früh-pubertäre Entwicklungsstufe natürlich eine sehr wichtige Erfahrung.

Anhand der Dinge, mit denen er bei jedem Einkauf spielt, kann ich eine gewisse Dynamik feststellen und seine Veränderungen intensiv mit verfolgen. Grad schleicht er gelangweilt an He-Man und Bob Baumeister vorbei und…er wird doch nicht etwa? Ah, er bleibt tatsächlich mit leuchtenden Augen bei Barbie stehen. Was passiert denn jetzt? Der Bengel ist doch erst vier Jahre alt. Ich entscheide spontan, diese Frühreife nachher zu googeln und vertage jeden weiteren Gedanken auf ein späteres Gespräch unter echten Männern. Oder noch besser:

Ich lasse diese Angelegenheit und prekäre Lage von Mutti aus der Welt schaffen. So sind wir Opis eben.

Bonus-Level: Dawn of the Dead.

Vor diesem Level habe ich die größte Angst. Es geht an die Fleischtheke. An diesem dunklen Ort arbeitet nämlich die Königin aller widerwärtigsten Zombies. Der Weiße Hai, Rosemaries Baby und Nosferatu in einer Person. Der Predator unter den Aliens und stets im Auftrag des Teufels unterwegs. Dieses Ding aus einer anderen Welt ist die unangefochtene Herrscherin aller Schnitzel und Rouladen: Frau Kotenbeutel. Jeden Samstag bete ich, dass mich die zierliche Frau Hansen bedient, aber heute hat der liebe Gott offensichtlich keine

Zeit für mich. Denn die ist gerade schwer damit beschäftigt, LEGO und BRAVO mit Würstchen vollzustopfen. Und da kommt sie auch schon angewalzt. Unterarme wie ich Oberschenkel. Damenbart war gestern. Heute ist Vollbart. Bauch und Busen gehen in eins über. Und ihre Haare sind so fettig, als würde sie in Margarine baden. Großes Tattoo auf ihrem Hals mit dem Schriftzug DEATH. Von der Statur her eher so polnische Schwergewichts-Catcherin. Und wenn die in die Ostsee springt, begehen alle Blauwale kollektiv Selbstmord. Und mit tiefstem Bass stellt sie mir die Frage aller Fragen: „Was darf´s denn sein?" Verstört halte ich hilflos Ausschau nach meiner Frau. Nur hat die nichts Besseres zu tun, als sich wieder mal mit unserer Nachbarin gegenseitig Lebensgeschichten auszutauschen.

Da steht sie also vor mir: Frau Kotenbeutel. Keine anderthalb Meter von mir entfernt und nur durch einen Tresen getrennt, aus dem sie in einer Millisekunde mit bloßen Händen Kleinholz machen könnte. Ihr Blick filetiert mich zu Geschnetzeltem und mein Gehirn zu Mett.

„Eiein Kkkilooo Hahackfleieieisch, bitte." Mit der Eleganz eines Elefanten schwingt sie ihr mörderisches Hackebeil in das bemitleidenswerte Etwas. Ich spüre hautnah, wie das arme Schwein in diesem Augenblick nochmals stirbt. Und wer nun glaubt, ich hätte diese tausend Tode überstanden, der irrt gewaltig. Denn Frage Zwei ist noch viel grausamer als Frage Eins: „Darf es sonst noch was sein?" Ich sehne den Henker und mein Eheweib herbei. Schließlich ist letztere doch an allem schuld. Wieso musste ich ausgerechnet eine Veganerin heiraten? „Ddddddrei Gemümümümüse-Schaschaschlik bitte." Yes, es ist raus. Ich habe es geschafft. Die eben noch verschluckte Atombombe wird zu einem süßen Karamell-Bonbon. Der Albtraum ist vorüber. Frau Kotenbeutel kann mir nichts mehr anhaben. Bonus-Level erfolgreich beendet. Stolz wie Oskar sammle ich den Rest meiner Familie nach und nach ein und mache mich überglücklich auf den Weg zur Kasse. Dass die fünfzig Meter vom Leergutautomaten allesamt vor mir stehen und ihrerseits ihren Stinkefinger genüsslich heben, ist mir in diesem Moment scheißegal. Ich habe Frau Kotenbeutel überlebt und nur das alleine zählt. Denkste. Und glaube mir, es geht noch viel, viel schlimmer. Selbst meine verhasste Schlachterin ist dagegen ein sanftes Schmusekätzchen. Das dicke Ende kommt wie so meist immer zum Schluss. Nämlich Level Vier, welches da Lautet: „Ich habe noch was vergessen." Leidenschaftlich und mit System packe ich unseren gesamten Einkauf auf das Laufband.

Nervös drehe ich mich immer wieder um und hoffe, dass Frauchen langsam antanzt. Schalke und Dortmund kappeln sich bereits inmitten der mittlerweile neunzig Meter. Und da höre ich auch schon von weitem Ihre Stimme: „ Guck mal, was ich noch entdeckt habe. Sind das nicht tolle Kerzen,…"

(Fortsetzung folgt!)

Liebesbrief

Meine göttliche Herzallerliebste,
geliebte Muse,
zartes Rehlein,
goldener Goldengel und
allerschönste Lotusblüte.

Seit ich dich kenne, scheint die
Sonne auch bei Nacht. Die Sterne
sind zum Greifen nahe und mein
armseliges Leben hat endlich einen
Sinn.

Meine heilige Königin,
jeden Tag richte ich dein Krönchen.
Du bist mein Wunderland im endlosen
Zauberland. Unsere Liebe gibt es
nur einmal weltweit und in hundert
Jahren ebenso. Für dich würde ich
auf der Stelle sterben, nur um tot
zu sein. Ich liebe dich so sehr und
endlos und immer nur dich.

Stopp!

Es reicht. Bis hierhin und nicht weiter. Dieses Gesülze geht mir nämlich sowas von und gewaltig auf den Sack. Die ganze Sache von wegen mit der Liebe und so ist ja gelegentlich ganz nett. Seit ich dich kenne, hat sich mein Leben nämlich radikal verändert. Und es ist auch wirklich in Ordnung so, weil ich dich ja echt irgendwo liebe. Verstehe mich bitte nicht falsch, aber Männer müssen Mannsbilder bleiben. Du hast eine Softie aus mir gemacht. Du weißt schon. Bei Titanic rumheulen und so. Du hast die Hosen an und ich voll. Schlager statt Rock´N´Roll und tagtäglich rasieren. Ich müffel nicht mehr und wasche mir nach dem Sport sogar die Füße. Ich mache keine Pupsblasen mehr, wenn wir gemeinsam baden. Und das alles nur für dich. Mädchen finde ich längst nicht mehr blöd und ich kaufe für dich sogar Damenbinden. Beim Flaschendrehen darfst du die Flasche anhalten und auf mich zeigen. Ist mir echt Latte. Ich zolle dir den höchsten Respekt, wenn du den Nagel mit deinen High Heels krumm und schief in die Wand zimmerst. Ehrlich, das schaffen nicht mal Männer. Wie gesagt, verstehe mich nicht falsch. Ich liebe dich so, wie du bist. Und du kannst wirklich kochen und einparken. Ich fresse nur noch Müsli und habe mein geliebtes Rülpsen und Schmatzen für dich aufgegeben. Ich scheiß auf Bier, Fußball und Pornos. Für dich bin ich, wenn es denn sein muss, auch süß und deine Logik ist für mich sogar logisch. Deine Zickerei ist betörend und erektional. Dein häusliches Museum hat längst meinem Stadion den Rang abgelaufen und Bunnies checke ich auch nicht mehr.

Also wenn das keine Liebe ist, weiß ich auch nicht mehr weiter. Ich verzichte seit Neuestem sogar auf meinen geliebten Männerabend. Oh mein Gott, habe ich das grad

wirklich gesagt? Denn du spielst
jetzt in meiner Champions-League.
Nenn mich Schmusebär, Butschi oder
von mir aus auch Bettnässer.
Blamiere mich täglich. Ich ertrage
alles, weil ich dich so sehr liebe.
Ich verkaufe meine Regenwurmfarm
und meine heißgeliebte
Popelsammlung. Alles nur für dich.
Ich mache mich zum Horst und
heirate dich jedes Jahr in einem
pinken Schlüppi. Reicht dir das
immer noch nicht? Also schön, gehen
wir noch einen Schritt weiter. Ich
lasse mich kastrieren und verzichte
fortan auf Bourbon und Zigaretten (
jetzt ist mein Leben richtig im
Arsch). Wein, Weib und Gesang sind
Vergangenheit. Ich schwöre auf das
Leben unserer merkwürdigen Kinder
und Enkelkinder. Meine Fußnägel
kommen nie wieder in den Biomüll
und ab sofort mag ich auch deine
Mutter. Ich grille im Hasenkostüm
und wasche mir nach dem
Wasserlassen sogar meine Hände. Ich
erobere für dich Düsseldorf. Ach

was soll der Geiz: Die ganze Welt. Ab sofort hast du deine Periode und keine Ketchup-Mulle mehr. Und ganz, ganz ehrlich: ich repariere deinen Kühlschrank auf der Stelle und begrüße deine beste Freundin mit einem liebevollen: „Hallo. Schön, dich zu sehen." Mehr Erniedrigung geht ja wohl wirklich nicht. Schlussendlich kaufe ich Blumen für Frau Kotenbeutel (es geht doch noch erniedrigender)und springe anschließend vom Hochhaus und verteile mein Gedärm auf dem ganzen Asphalt. Das alles und noch viel mehr. Und nur weil ich dich so dermaßen und endlos liebe. Nur um eine winzige, klitzekleine Kleinigkeit möchte ich dich mit inniger Seele und aus tiefstem Herzen bitten:

Nenne mich nie wieder lauthals MUSCHI, wenn wir samstags beim Supermarkt in der Schlange stehen. Ich scheiß auf deine Kerzen.

Leise pieselt das Reh

Meiner Annahme nach haben wir, also die mit den dicken Hoden und angeblichen zwanzig Zentimetern, auch manchmal unsere Tage. Meiner Schnitte zufolge grummel ich dann fäkal über Alles und jeden. Also schön. Mal sehr sanft ausgedrückt bedeutet dies: Der HSV hat mal wieder verloren, der Hörner-Whiskey ist alle und sämtliche Frauenzimmer dieser Welt sind per se und unweigerlich von Haus aus volle Lotte und mit Schmackes begriffsstutzig. Wolke sieben bekommt dann eher so einen gewissen Seltenheitswert. Im siebten Himmel ist nix mehr in Butter. In der Folge behalte ich den frischen Schlüpfer bis ans Ende aller Tage an. Die Stinke-Socken türmen sich bis Bielefeld und Duschen wird ja eh überbewertet. Grad fällt mir ein: Bielefeld gibt es ja gar nicht. Zumindest wenn man der Gerüchteküche Glauben schenken darf. Mein Schnuckel zeigt da

natürlich herzlich wenig Toleranz.
Ein Jammer. Während meiner virilen
Menstruation ist hier stets Leben
in der Bude. Du weißt schon:
Periode, Menses. Viril kommt
ebenfalls auch aus Latein und lässt
darauf schließen, dass du
vermutlich eher Piephahn denn Vulva
besitzt. Mir wird so einiges klar.
Wie Man(n) es auch macht…

Trotzdem wir immer zweihundert
Prozent geben, abgesehen vom
Sexualleben natürlich, bleiben wir
Y-Chromosomen-Träger geistige
Tiefflieger auf höchstem Niveau.

Aber wie bei unserem femininen
Pendant hat alles, vielleicht mal
abgesehen von der Wurst, welche sie
eh nicht isst, auch mal ein Ende.
Rein spekulativ ist doch alles im
Leben relativ. Lediglich eine
Schwangerschaft ist meiner
Betrachtungsweise nach definitiv.
Der berühmte Braten in der Röhre.

Diesen beknackten Übergang habe ich
dem Fest der Liebe zu verdanken.
Wie soll ich denn sonst dieses
bescheuerte Buch vollkriegen? Und
da gegenwärtig heiliger Abend ist,
habe ich definitiv einen Braten in
der Röhre. Und zwar einen
Hirschbraten in der Backröhre.
Anstatt Rotwein nehme ich dieses
Jahr für meine Soße ausnahmsweise
mal einen teuren Cognac. Man gönnt
sich ja sonst nichts. Passt schon.
Als herrliche Nebenwirkung haben
die Kleinen einen Kleinen sitzen,
gehen früh in die Falle und
schlafen bis in die Puppen. Ruhig
Brauner, das ist wahrhaftig nur ein
Joke. Du hast doch nicht mehr alle
aufm Christbaum, wenn du denkst,
ich würde hier meine Zwerge
abfüllen. Bin ja nicht von allen
guten Geistern verlassen.

Jedoch, wenn ich so näher drüber
nachdenke…ach, lassen wir das
lieber. Sonst gibt´s Ärger mit dem
Bundesfamilienministerium.

Bis es allerdings so weit ist, muss ich leider Gottes noch das grauenvolle Pflichtprogramm abstottern. Du weißt schon. Den hässlichen Baum schön schmücken. Oder umgekehrt. Das weiß man nie so genau. Da sind wir Möchtegern-Pornostars ja eitel. Null Ahnung von nix, aber Tannebaum zur Chefsache erklären. Am Ende zahlen wir immer vierzig Euronen für einen Pflegefall. Hauptsache Lametta. Dem Himmel sei Dank.

Derweil meine Elfenkönigin voller Liebe erfüllt den „Ich-kotz-gleich-Kartoffelsalat" herrichtet, schnappe ich mir meine beiden Terrorkrümel und fahre zu Ur-Ömchen ins Pflegeheim. Selbstgestrickte Socken für die Kids, einen Gutschein für deren schreckliche Eltern sowie eine kostenlose Moralpredigt für mich runden das Ganze ab. Großmutter kriegt wie jedes Jahr eine Stange Zigaretten von uns. Natürlich liebevoll verpackt in Elch-Wichtel-Geschenkpapier. Im Anschluss noch ins Haus religiöser Überzeugungen zum Krippenspiel. Hoffentlich fällt mir diesmal nicht der Flachmann runter. Letztes Jahr hat mich der Pfaffe ganz schön zusammengepfiffen. Herrschaftszeiten, war der stinkig. Da fällst du sowas vom Glauben ab.

Wieder zurück in den eigenen vier Wänden stinkt es bereits erbärmlich nach Likör und Räucherstäbchen. Mutti hat sich kräftig einen angesoffen und trällert gefühlte dreißig Male „Last Christmas". Sie singt so laut und falsch und wackelt dabei wuschig, hüftfreudig und erwartungsvoll mit ihrem gebärfreudigen Becken wie keine dreihundertvierundsechzig Tage zuvor. Bis bei meiner Rasselbande die Klüsen klacken, ist es allerdings schon eine schwere Niederkunft. Mein Braten entschädigt aber für fast alles und der nächtliche Nachtisch sowieso. Irgendwann darf ich endlich das weihnachtliche Hüftgold meiner Prachtwumme vernaschen. Welch ein Evakostüm. Was soll ich sagen? Du verstehst mich, oder?

Und genau an dieser Stelle macht Papa die Tür zu. Sorry, wir sind hier nicht bei „Wünsch-dir-was". Was hinter meinen Schlafzimmertüren abgeht, geht dich nun echt einen Feuchten, also rein gar nichts an. Der Schlawiner schweigt nämlich und genießt. Scheiß auf Kavaliere, du geiler Bock.

Schulz!

Jetzt ist echt Schluss mit lustig. Ende im Gelände und aus die Maus. Das größte Geheimnis aller Zeiten legt nun unwiderruflich seinen Offenbarungseid ab, denn ich habe in den entlegensten Winkeln dieser Republik für Euch recherchiert. Alle Kellerleichen habe ich obduziert und den unwiderlegbaren Beweis für den folgenden, furchtbaren Fakt zusammengekehrt. Heute schreiben wir Geschichte und selbst für den dümmsten Einzeller auf diesem Planeten wird sich das Leben von Grund auf ändern. Wir werden in die Annalen eingehen und wer Schweinkram dabei denkt, begeht eine große Ferkelei. Ab hier beginnt der bittere Ernst eures Lebens. Die Erklär-Elemente verschieben sich exakt jetzt und eure kleine Erdbeerwelt wird nicht mehr die gleiche sein.

Seid ihr bereit? Oki-doki, dann spannt mal euren Flitzebogen und stellt eure Lauscher auf. Here we go. Wir blicken der nackten, gnadenlosen Wahrheit ins Gesicht:

Frauen furzen besser als Männer!

Mir fallen tausend Berge vom Herzen, dieses Tabuthema endlich gelüftet und ausgesprochen zu haben. Ja es ist wahr. Die sogenannte Rektalatmung ist keine Männerdomäne mehr. Uschinski & Co. haben uns diesen Rang abgelaufen und diese einst uneinnehmbare Festung gestürmt. Und während Cinderella nun eine La-Ola-Welle macht, ordne ich für alle Göttergatten auf diesem Planeten eine dreitägige Staatstrauer an. Inklusive vollem Handmann versteht sich. Dieses Fiasko muss schließlich erstmal verarbeitet werden. Der Pantoffelheld ist ausgestorben. Wir ziehen uns zurück. Aber wir behalten euch im Auge und erst recht aufm Zettel. Denn irgendwann holen wir uns die Rote Laterne wieder und schlagen erbarmungslos zurück. Ihr habt zwar unseren Traum zerstört, aber unseren Stolz erreicht ihr nie nicht. Alphatier bleibt Alphatier. So steht es nun mal in der Evolution geschrieben. Und wer zuletzt lacht, lacht immer noch am besten. Arsch und Eier haben immer noch wir in der Hose. Wir rülpsen und drängeln im Puff. Wie wissen, dass Dr. Sommer gar nicht existiert. Und überhaupt sind wir die Arschkratzer und Stinker.

Wir sind die Männer. Und der Furz gehört uns. Basta Pasta.

Nachwort

Die Idee zu diesem Buch entstand bereits vor mehr als zehn Jahren. Meine Intention war ursprünglich, ein Theaterstück zu schreiben. Ein völlig neues Gebiet, auf dem ich mich unbedingt ausprobieren wollte. Es machte großen Spaß, wenngleich ich mit dem Endprodukt nicht wirklich zufrieden war. Durch einen Zufall fing ich an, in einer Facebook-Gruppe Kolumnen zu schreiben. Über mehrere Monate veröffentlichte ich einen satirischen Wochenrückblick, welcher bei den Menschen sehr gut ankam. Die Resonanz war toll und so holte ich irgendwann dass alte, verstaubte Manuskript wieder hervor.

Ich begann mit einer persönlichen Reflexion. Von Grund auf änderte ich meine Vorgehensweise, dessen Resultat Sie nun in den Händen halten. Ich empfinde Stolz, immer wieder in diesem Buch zu blättern

und darin zu lesen. Und meine
Entscheidung, aus einem kaum
mittelmäßigen Theater-Drehbuch
diesen Schmöker zu kreieren, macht
mich jeden Tag glücklich.

Meine anfänglichen Zweifel wichen
mit jeder geschriebenen Zeile. Es
wurde immer mehr zu einem
Abenteuer, je weiter ich
voranschritt. Eine wundervolle
Erfahrung, die ich nicht missen
möchte und für die ich heute sehr
dankbar bin.

Nach Beendigung des Manuskripts war
mir Eines ersichtlich: Unsere
deutsche Sprache ist unfassbar
vielseitig und unerschöpflich.

Für den Titel hatte ich eigentlich
einen völlig anderen vorgesehen.
Irgendwann zwischendurch dachte ich
nach langer Zeit mal wieder an
einen alten Freund. Ich lernte ihn
in einer Klinik kennen, wo ich mich
seinerzeit wegen meiner
Depressionen behandeln ließ.

Er war hochintelligent und leider
auch psychotisch. Mit ihm habe ich
sehr viel Zeit verbracht und ich
hörte ihm stundenlang zu. Er konnte
Monty Python und Rainer Maria Rilke
im Zusammenhang zitieren. Als ich
ihn einmal in einem Nebensatz einen
Philosophen nannte, antwortete er:
„Naja. Da ich nicht ganz dicht in
der Birne bin, wohl eher ein
Filodoof."
Wir lachten uns beide schlapp und
der Name für dieses Buch war damals
bereits geboren, ohne dass ich es
zu jenem Zeitpunkt wusste. Später
sollte sich alles zusammenfügen.

Ich möchte dir für diesen Titel
danken. Leider bist du viel zu früh
verstorben. Der Filodoof ist somit
auch ein Andenken an dich, mein
Freund. Weiterhin danke ich
mehreren, lieben Menschen, welche
namentlich nicht genannt sein
möchten. Ihr habt auch in schweren,
teils sogar schlimmen Zeiten immer
an mich geglaubt. Ebenfalls danke

ich meiner Freundin Tanja. Du hast mich immer unterstützt und mir jederzeit den Rücken freigehalten. Auch dein offenes Ohr war und ist mir eine große Hilfe. Ich liebe Dich.

Der Filodoof sagt von Herzen DANKE und verabschiedet sich mit einem Zitat seines Lieblings-Autors Charles Bukowski: „Some people never go crazy. What truly horrible lives they must lead." In diesem Sinne: Geht raus. Lebt, liebt und lacht. Und tut auch mal etwas Verrücktes. Denn je mehr Lachen du auf deinem Lebensweg verbuchen kannst, desto zufriedener gehst du eines Tages von dieser Welt.

Ich lösche jetzt die Festplatte und der Letzte macht doch bitteschön das Licht aus. Und wer weiß: Vielleicht lesen wir uns ja irgendwann mal wieder.

Erklärungen

Floskel

Lateinisch.

Formelhafte, nichtssagende Redewendung. Die Frage: „Wie geht es dir?" ist meistens eine Floskel, wobei der Fragende gar nicht an einer Antwort interessiert ist.

Phrase

Griechisch, Lateinisch, Französisch.

a) Redewendung
b) Satzteil aus mehreren Wörtern, die eine Einheit bilden. Im übertragenden Sinne Geschwätz, inhaltsloses Gerede, bedeutungslose Aussage, nichtssagender Satz(teil).

Redewendung

Feste Wortverbindung, die bildlich
einen anderen Sachverhalt ausdrückt
und meist als Satz gebraucht wird.
Volkstümliche, übertreibende,
anschauliche Wendung.

Umgangssprache

Im täglichen Umgang mit anderen
Personen gesprochene Sprache.
Sprachvariante, die von regionalen,
sozialen und soziologischen
Einflüssen geprägt ist und zwischen
Hochsprache und Dialekt steht. Eine
Sprache, die von allen anwesenden
Personen verstanden wird.

Idiome

Griechisch, Lateinisch, Französisch.

Spracheigentümlichkeit einer sozialen Gruppe, eines Individuums, einer Sprachgemeinschaft oder einer dialektalen Sprachgemeinschaft. Feste, aus mehreren (mindestens zwei) Wörtern bestehende Wortgruppe, die ihre Bedeutung nicht aus den einzelnen Wörtern ableiten, erkennen, verstehen lässt, sondern in dieser Wendung, Verbindung, Fügung eine besondere Bedeutung hat.

Metapher

Griechisch, Lateinisch.

Bedeutungsübertragung. Sprachlicher Ausdruck, der aus dem Zusammenhang

in einem anderen Bedeutungskontext
übertragen als Bild Verwendung
findet.

Synonyme

Griechisch, Lateinisch.

Bedeutungsähnliches Wort, das in
einer sprachlichen Äußerung für ein
anderes Wort eingesetzt werden
kann.

Quellennachweise

- Karl-Dieter Bünting „Deutsches Wörterbuch"

- Niklas Dörfler „Anderes Wort" (APP)

„Schon sehr früh nannte ich alles Schöne um mich herum meine kleine Erdbeerwelt."

Doch viel Schönes gibt es nicht in der Jugend von Markus Kühnel. Misshandelt vom Stiefvater und aufgewachsen in einer Welt ohne Liebe, schließt er sich früh einer Clique an, die zwar seine neue Familie wird, aber Alkohol und harte Drogen konsumiert. Eine Vergewaltigung im Alter von 14 Jahren reißt dem heute 53-jährigen endgültig den Boden unter den Füßen weg. Jahre voller Selbstzerstörung folgen. Es ist ein Teufelskreis aus Alkohol- und Drogenmissbrauch, Entzug und der verzweifelten Suche nach sich selbst. Er lebt auf der Straße und steckt sich mit dem HI-Virus an. Doch Markus Kühnel hat es geschafft. Heute ist der Vater einer erwachsenen Tochter suchtfrei und lebt zurückgezogen in seiner alten Heimatstadt Kaltenkirchen.

Mit dieser Autobiographie möchte der Autor vor allem eines erreichen: Anderen Betroffenen Mut machen und präventiv an junge Menschen appellieren: „Hände weg von Drogen jeder Art. Problemlösung sieht anders aus. Es gibt immer einen Weg. Ihr seid nicht allein.

Info: www.polamedia.de/verlag

ISBN 978-3-9813903-6-0

Markus Kühnel

Narbenherz

Mein langer Weg aus der Sucht

polamedia
Verlag

»Männer berichten«

Lesetipp:

Markus Kühnel

„Narbenherz" – Mein langer Weg aus der Sucht